「這樣不是很丟臉嗎？」
前精靈少女——七罪
青春可是不等人的啊。」
士道的親妹妹——崇宮真那
「早安。」
前精靈少女——四糸乃

「——呀啊啊啊啊啊啊啊啊啊啊啊啊啊啊啊啊啊啊啊啊啊啊啊啊啊啊啊啊啊啊啊啊啊啊啊啊——！」
前精靈少女——時崎狂三

「——妳是……」
平凡高中生——五河士道

「……名字嗎……那種東西，我忘了——」
神祕少女——精靈

「啊啊啊啊啊啊啊啊啊啊啊啊——！」

CONTENTS

約會大作戰

美好結局十香　上

橘 公司
Koushi Tachibana

Kadokawa Fantastic Novels

彩頁／內文插畫　つなこ

精靈
THE SPIRIT
存在於鄰界，被指定為特殊災害的生命體。發生原因、存在理由皆為不明。
現身在這個世界時，會引發空間震，給周圍帶來莫大的災害。
再者，其戰鬥能力相當強大。
處置方法1
WAYS OF COPING 1
以武力殲滅精靈。
但是如同上文所述，精靈擁有極高的戰鬥能力，所以這個方法相當難以實現。
處置方法2
WAYS OF COPING 2
——與精靈約會，使她迷戀上自己。
美好結局十香 上
Goodend TOHKA
SpiritNo.???
AstralDress-BeastType
Weapon-BladeType[Metatron][Rasiel][Zafkiel][Zadkiel][Camael][Michael][Haniel]
[Raphael][Gabriel][Sandalphon]

第零章　村雨令音

如果天空有眼，會看見什麼？
如果大海有手，會擁抱什麼？
如果大地有心，會思考什麼？
——當然，那只是比喻、假設。
天空不會看見、大海不會擁抱、大地不會思考任何東西。
自然沒有意志，世界沒有思想。倘若森羅萬象有感受，那無非是看見世界之人如此思忖。將自然崇敬為神、將災害視為怪物懼怕，也不過是將異常的存在納入自己的尺度，嘗試理解罷了。
世界只是「存在」而已，並未擁有任何意志。
不過，若是由遍布世界、自然的力量所創造的生命，或許會產生意志吧。
而當那條生命即將迎來終結，再次消融於世界時——
將會帶給世界怎樣的影響呢？

——天空嘶鳴般歌唱。

——大海爆裂般啼叫。

——大地震動般咆哮。

消融世界的生命，開始微微脈動。

第一章 鳶一折紙

我算是所有人中較早認識士道的。

除了澪與琴里這兩個例外，應該可說是最早的吧。因為早在六年前，我還是小學生時，就已經遇見了士道。

不過正確來說，當時的士道是從未來返回過去的他就是了。

我的意思並不是說相處的時間長短與愛慕的程度成正比。相反地，即使深深愛慕著一個人，也未必能得到回報。

那是救贖，也是詛咒。如果相處得越長便愛慕得越深；如果戀愛是先來後到，那我絕對贏不過琴里。

既然現實並非如此，我也無法拿認識時間的長短來說嘴。

畢竟比我晚出現的某人、尚未認識的某人，或是——「如今已不在的某人」，也有可能虜獲他的心。

——士道，你的眼裡如今究竟映著誰的身影？

◇

晴空萬里，風兒止息。天氣預報全是天氣晴朗。

簡直是典型的絕佳洗衣日。五河士道興高采烈地捲起衣袖後，將脫完水的衣服塞進籃子，來到庭院。

「嗯——天氣真好。」

他眯起眼睛露出微笑，用力擰乾抹布，擦拭曬衣竿後，以熟練的手法曬起衣服。當然，也不忘拉平皺褶，避免曬乾時變得皺巴巴。

五河家的洗衣機附有烘乾功能，但天氣晴朗的日子，士道會盡可能像這樣讓洗好的衣服曝曬在陽光下。或許效率不高，但曬在外面，衣服乾得比較均勻，而且暖呼呼的，讓心情很好。

這是沒什麼像樣興趣的士道少數講究的事情之一。就好比精通咖啡的專家會磨咖啡豆、喜愛音樂的人會細選音響一樣。看在旁人眼裡是大同小異，但對本人而言卻是天差地別。問他為什麼，他也難以回答。因為人類自古以來便是喜愛徒勞與麻煩的生物。

「好了，差不多就這樣吧。」

士道輕吐一口氣，隨意擦拭額頭不知不覺冒出的汗水。

潔白的衣服在閃閃發光的晨光下排列得井然有序，難以言喻的充實感與激昂感充滿肺腑。士道一臉滿足地微微一笑後，伸了個懶腰。

恰巧在這時，街道那一邊傳來一道向士道攀談的聲音。

「——早安，士道。」

「嗯？」

循聲望去，便看見四名打扮相同的少女。

裝飾著藍色格子領帶與衣領的白色水手服。那是代表市內中學學生的制服。

向士道道早的是其中一人——左手戴著兔子手偶，相貌和藹的少女。

四糸乃。她是住在聳立於五河家隔壁的公寓，曾經身為精靈的少女之一。

「喔喔，早啊，四糸乃。大家早，妳們今天還真早呢。」

士道走向她們回答後，將頭髮綁成丸子頭的少女——六喰便點了點頭。

「唔嗯。能待在目前學舍之時間所剩無幾，妾身想盡量留下深刻回憶。」

「……我是無所謂啦，大家說要去，我也只好跟著去了……」

對六喰說的話補充似的如此呢喃的，是與她們一樣住在隔壁公寓的少女——七罪。她擺出有些不悅的表情，用手指玩弄紮成一束的頭髮髮尾。

於是，大概是聽見這句話，拿著書包和竹刀袋的少女「哈哈」地聳了聳肩。

她是士道的親妹妹，崇宮真那。她的頭髮紮成馬尾，左眼下有一顆淚痣。雖然跟大家穿著同樣的水手服，但她威風凜凜的站姿散發出的精悍感更勝於可愛感。

「哎呀，是這樣嗎？不知道最早起來等我們的人是誰呢。花音開口邀請後，妳好像從昨天就欣喜雀躍地在準備了——」

「……！」

七罪慌慌張張地抬起頭，伸手想阻止真那的發言。

不過，慢性運動不足的七罪怎麼可能捉得住劍道社王牌真那。真那輕巧地閃過，七罪立刻就氣喘吁吁。四糸乃與六喰看見兩人的模樣，開懷地笑了。

「哈哈——」

士道見狀也不禁莞爾一笑。

時光匆匆，她們上國中的日子即將滿一年。由於是三年級才插班進入學校就讀，沒多久就要畢業，但她們似乎還是在學校生活中找到難能可貴的事物。

「——啊，大家！抱歉、抱歉，妳們等很久了嗎？」

這時，玄關那邊傳來這樣的聲音，緊接著響起「啪噠啪噠」精力充沛的跑步聲。

士道的妹妹琴里身穿和大家同樣的制服，用白色緞帶紮成雙馬尾的頭髮搖曳，奔向大家身邊。大概是發現了琴里的身影，少女們也望向她。

「啊，琴里，早安。」
「勿介懷。妾身等人亦剛到而已。」
「真的嗎？哎呀，七罪從昨天開始就興致高昂，我就猜妳們會不會比約好的時間還早來。」
「喂……」
七罪滿臉通紅。不過，大概是因為追逐真那而消耗了體力，這次只有一陣猛咳。
「沒必要那麼害羞吧，期待上學是好事啊。」
「……因為我一年前還在說『學校是地獄委婉的說法』、『強制收容設施』、『壞蛋不需要墓碑』之類的話，如今卻打臉自己，這樣不是很丟臉嗎？」
士道說完，七罪挪開視線回答。七罪有把學校說得那麼邪惡嗎……好像有說過喔。
「不會啦，人是會成長的嘛。過了一年，想法當然會改變啊。」
「……唔，嗯……」
七罪嘟起嘴脣，輕聲低吟。
於是，真那用力拍了一下七罪的背。
「嗯，琴里也來了，我們走吧。青春可是不等人的啊。」
「好痛……！我、我知道啦。」
七罪踉蹌了幾步如此回答，然後瞥了士道一眼，像是在表達「……我出門了」似的舉起手，其他人也跟著揮揮手。

「那我出門嘍，哥哥。」

「我出門了，士道。」

「唔嗯，告辭，郎君。」

「好，路上小心。」

士道朝她們揮手後，目送少女們走在街道上的背影，再次伸了個大懶腰。

「能待在現在學校的時間所剩無幾——啊。」

然後自言自語了這句話後，進入家中，準備出門。

話雖如此，他早已洗好臉、吃完早餐、換好衣服了。士道放下捲起的襯衫衣袖後，打好領帶，披上西裝外套，拿起書包出門。

時間還很充裕，但或許是被六喰說的話影響了。

高中三年級的三月，畢業典禮就快到來，前往通學約三年的校舍也沒剩幾次了。的確是感慨萬千。

尤其——那所學校有許多特別的回憶。

「…………」

些許的感傷冷不防地掠過心頭，士道抬頭仰望天空。

他並非為了避免眼淚流下，只是不知為何突然想仰望天空。湛藍的天空拉起長長的飛機雲。

結果——

「早。」

「哇啊……！」

下一瞬間，身旁傳來這樣的聲音，令士道不禁身體向後仰。

士道連忙將視線移回原位後，便看見一名少女不知何時出現在眼前。

顏色明亮的及肩齊髮，如洋娃娃端正的面容。她身上穿的，和士道一樣是來禪高中的制服。

鳶一折紙。士道的同班同學，也是曾經身為精靈的其中一人。

「喔，喔喔……早啊，折紙。」

士道認出少女後，露出苦笑般的笑容如此回答，調整好變得不自然的姿勢面向她。於是，折紙雖然面不改色，卻感覺有些滿足地回以首肯。

「嗯……？這麼說來……」

這時，士道微微歪過頭。

折紙雖不是現在才神出鬼沒，但她與四糸乃等人不同，並不是住在士道家隔壁的公寓，而是住在位於市內的自家住宅，照理說平常上學不會經過士道家門前。

或許是從士道的表情察覺到他的心思了，折紙輕啟雙脣：

「——我想跟你一起上學，不行嗎？」

「——」

看見折紙歪頭看向自己臉龐的動作，士道不禁小鹿亂撞，倒抽一口氣。

儘管她一如往常沒什麼表情變化，但歪頭的動作看起來莫名可愛。

「啊……沒有，當然可以。走吧。」

「是嗎？」

士道說完，折紙便簡短地回答，然後站到士道身邊。

士道配合著折紙的步伐，避免將她拋在身後，走在前往學校的路上。

當然，若是全速奔跑，士道肯定比不過折紙；以正常速度走，折紙也能輕輕鬆鬆跟上吧。即使如此……哎，沒什麼機會與女生並肩走的士道也是兩年前才學會體貼女生的。

「不過，真是好險呢。」

「？好險什麼？」

士道在途中踏著緩慢的步調前進一邊說道，折紙便一臉納悶地反問。

「沒有啦，就是時間啊。我今天比平常早出門，或許妳特地過來，我們還是有可能錯過。」

「毋須擔心。我早就預料到你今天會比平常早出門上學了。」

「是嗎？究竟是怎麼猜到的……」

「少女的第六感。頻率是企業機密。」

「頻率是什麼意思？不是直覺嗎？」

「戀愛的頻率。」

「妳說得像流行歌的歌詞也沒用！」

士道發出變調的聲音吶喊，折紙便若無其事地回答：

「開玩笑的——只是單純打算等到你出來。」

「就算是這樣……妳是從什麼時候開始等的？」

士道詢問後，折紙便莞爾一笑說道：「祕密。」

說是笑容，又嫌嘴角上揚幅度太過輕微的微笑。不過，折紙以往總是板著一張撲克臉，這變化真是令人意想不到。

「…………」

戰役結束後經過一年，折紙也慢慢在改變。

「怎麼了？」

「啊，沒事……」

大概是士道默默盯著折紙的臉太久，折紙對士道回以疑惑的視線。士道露出含糊的笑容敷衍過去。

「我是在想，妳在上學前來我家這件事也很稀奇。果然是因為快畢業了嗎？」

「這也是原因之一。不過——」

「不過什麼？」

士道回問，折紙便稍稍揚起嘴角，繼續說：

「——我想以這個視角走路上學看看。」

「……咦？」

即使士道表示不解，折紙也不再回答這個問題。「話說——」她立刻轉到下一個話題。

「耶俱矢和夕弦今天也在比賽嗎？沒看見她們兩個呢。」

「嗯？喔，噢……好像是上學競賽的結果平分秋色，說：『要在畢業前分出勝負～～！』」

「那兩個人還是老樣子呢。」

「哈哈……嗯，是啊。」

儘管士道覺得有些納悶，還是與折紙邊走邊天南地北地聊，走向學校。

「——哎呀～～只剩一個星期就要舉辦畢業典禮了呢～～！一想到大家要畢業，我真～～～的覺得很寂寞～～！」

嘴上這麼說，聲音和表情卻感覺完全不寂寞的，是士道班級的班導師岡峰珠惠老師——通稱小珠老師。

她身材嬌小，戴著細框眼鏡。長得一副娃娃臉，經常被誤以為是學生。如今她那閃閃發光的眼睛和晶瑩剔透的皮膚，讓她看起來比平常更加年幼，說是期待幾天後要遠足的小學生或許也勉強有人會相信。

話雖如此，小珠老師並沒有和學生關係不融洽，也不是那種說話會酸言酸語、冷嘲熱諷的人，想必是真的捨不得跟學生離別吧。

只不過，現在她的喜悅似乎遠超過寂寞的心情。

「嗯呵～～現在就這麼感傷，老師畢業典禮當天可能會忍不住哭出來喔～～！啊啊，好寂寞、好寂寞呀～～！」

說完，小珠老師得意洋洋地秀出左手——說得更正確一點，是無名指上閃閃發光的戒指，抿嘴微笑……感覺好像非常希望別人指出這一點。

「……呃，那個，小珠？妳手上的戒指是……？」

在苦笑的學生當中，出聲發問的是士道的損友殿町。於是，小珠一副「就等人問這句」的模樣將身子探出講臺。

「啊！你發現了嗎～～！哎呀～～真是傷腦筋呢！我本來不想那麼高調的耶～～！」

即使全班學生擺出「鬼才信……」的表情，小珠也沒發現的樣子。她宛如沐浴在聚光燈下，張揚地接著說：

「其實老師——終於訂☆婚了～～！啊哈～～！」

小珠做出有如漫畫般逗趣的動作，吐出舌頭，當然這時依然不忘秀出左手的戒指。這或許是士道第一次看見她情緒如此高漲。

「咦？我的未婚夫嗎？嗯呵呵，他可是高學歷高收入高身高，像王子一樣的帥哥喲～～！超～～級紳士，約會時會護送我～～！還有聲音很像嚕嚕米的阿金～～！」

又沒有人問，小珠卻逕自說起未婚夫的詳細資料。聽了那過分完美的人物形象，班上的聒躁三人組亞衣、麻衣、美衣流下汗水。

「咦咦……這種十全十美的男人真的存在嗎？」

「真的沒問題嗎？小珠妳不會被騙婚了吧……？」

「妳那個未婚夫，該不會只是妳想像中的人物吧？」

「嗯呵呵～～！現在不管別人說什麼，我都不痛不癢～～！啊啊，世界是如此美麗！Life is beautiful!」

說完，小珠猛然舉起雙手，同時四周紙花紛飛。看來是她事先塞進口袋裡準備好的。平常根本難以想像她會如此撒歡。

「啊哈哈……」

所有學生似乎都對小珠欣喜若狂的模樣感到困惑，但大致上還是充滿祝福的氣氛。即使露出苦笑，大家還是溫暖地注視著小珠。

「哎～～……不過，小珠訂婚了啊。」

「想不到我還在校時會發生這種罕見的事蹟呢。」

「但是，有『來禪最終防衛線』此一綽號的小珠訂婚的話，其他老師也會開始著急了吧？」

亞衣、麻衣、美衣說著，慢慢轉過頭望向教室後方——正確來說，是站在那裡的女老師。其他學生也跟著移動視線。

「……幹、幹嘛？為什麼要扯到我身上？」

突然受到眾人的關注，女老師皺起眉頭，退後一步。

這名外國女性的特徵是一頭淺色金髮，還有比髮色更加白皙的肌膚。大概是因為膚色白皙，臉紅的樣子十分明顯。她穿著一身成熟的暗色套裝，卻不太適合她，因為她雖不如小珠那樣娃娃臉，看起來也十分年輕。

——艾蓮・米拉・梅瑟斯。

〈拉塔托斯克〉的敵對組織DEM Industry的創始人之一，甚至被譽為世界最強的巫師(Wizard)。

「……已經將近一年了，我現在還是有點不習慣呢。」

士道苦笑著低喃這句話。

於是，坐在士道右邊的折紙微微點頭說：

「我還不信任她。」

「哈哈……」

折紙嗆辣的說話方式令士道聽了不禁苦笑。不過，折紙畢竟實際與她在戰場上交鋒過，也無怪乎她會有這種反應吧。

「不過，突然聽說她失去記憶，還真是令人吃驚呢……」

由於士道當時並不在現場，據傳聞所言——一年前的最終決戰後，失去威斯考特的艾蓮就這麼暈厥過去，清醒時已將有關DEM和威斯考特的記憶忘得一乾二淨。

詳細原因不明，據說艾蓮清醒後，不再懷抱敵意或惡意，純粹對能與伍德曼和嘉蓮重逢感到開心。

「這件事本身並非不可能。艾蓮過去無條件追隨威斯考特，無法否定她目睹威斯考特死亡後因衝擊太大，導致失憶的可能性。也有可能無法接受威斯考特死亡的事實，用顯現裝置消除自己的記憶。或是——」

「或是什麼？」

士道詢問後，折紙小聲地接著說：

「基本上，巫師的腦袋裡都會植入為了操作顯現裝置的傳訊裝置。假如艾蓮的傳訊裝置被動了什麼手腳……」

「妳的意思是……是威斯考特動了手腳嗎？」

——威斯考特在自己死亡的同時，動手腳讓艾蓮失去記憶……？這行為太不像那男人會做的事，士道聽了不禁皺起眉頭。

「不知道。我只是在說有這種可能性而已。」

「……這樣啊。」

士道胡亂搔了搔頭，「嗯？」歪頭表示疑問。

「呃，妳都考慮到這種可能性了，卻依然不信任她嗎……」

「既然失憶有可能是她刻意為之，便無法撇除她有可能動手腳讓記憶經過一定期間後恢復。為防萬一，我已建議對艾蓮的傳訊裝置做一些處置。」

「妳、妳說的處置是……」

這話聽起來有點可怕，士道聽完流下一道汗水。

不過，折紙輕輕搖了搖頭。

「我沒說要裝炸彈或毒藥，只是要求安裝程式，判斷艾蓮採取敵對行動時便停止傳訊裝置的機能。只要艾蓮沒有顯現裝置，就不會造成什麼威脅。」

「喔……這樣啊……」

聽完折紙說的話，士道盤起胳膊表示同意。

不過，這或許是必須採取的措施。身為巫師的艾蓮力量是世界最強。如今我方已喪失精靈之力，若她抱持敵意攻擊過來，我方便無計可施。

不過至少這一年來，艾蓮並未做出可疑的舉動。士道看著被亞衣、麻衣、美衣戲弄的艾蓮，再次露出苦笑。

關於要如何安置艾蓮一事，似乎引起小小爭議，最後伍德曼憑一己之見決定讓她以〈拉塔托斯克〉的機構人員活動。

而說到〈拉塔托斯克〉當時有空缺的職位——就屬令音曾擔任的支援眾人一職。

於是，艾蓮開始擔任副班導。由於她曾經以隨行攝影師的身分試圖潛入士道等人的教育旅行，有一部分認得艾蓮長相的學生感到吃驚，但大致上都還是抱持著善意歡迎她的樣子。

「哎呀～我想艾蓮老師也差不多到了該著急的年紀吧。實際情況怎麼樣啊？沒有喜歡的人嗎？嗯？說給亞衣我聽聽看。別擔心，我絕不會告訴別人，大概、應該、肯定。」

「艾蓮老師長得那麼漂亮，感覺馬上就能交到男友，卻完全沒有那方面的傳聞～是交往得很順利嗎？還是有什麼問題，被嫌棄呢？」

「啊……！該不會是對男人沒什麼興趣吧？這就傷腦筋了呢……妳對我的情意，我感到很開心，但我喜歡男生……」

「我說為什麼要扯到我身上啊！還有，怎麼一下子就跳到我喜歡女生了，妳的思考未免太跳躍了吧！」

亞衣、麻衣、美衣逼近艾蓮，艾蓮語帶哀號地回答。不過，亞衣、麻衣、美衣滿不在乎地觸摸起艾蓮的身體。

「穿套裝太土了啦～～下次放假一起去買東西吧，艾蓮老師。妳外形也不差，只要好好打扮，絕對會風靡萬千～～」

「啊，好耶～～我有衣服想讓艾蓮老師試穿～～不是有些衣服自己想穿卻不適合那種風格嗎？老師身材也很好，我想穿起來一定很適合～～」

「沒錯沒錯～～皮膚白，頭髮又這麼亮麗有光澤……怦通……這種心情是怎麼回事……我明明對女人沒興趣，怎麼感覺興奮起來了。果然，艾蓮老師如果精心打扮，肯定所向披靡。最強啦，最強。」

「最、最強……？」

艾蓮像是赫然想起什麼事情，用手按住額頭。

「這個詞為什麼聽起來如此甜美——唔，我的頭……」

不過，大概是亞衣、麻衣、美衣的手太煩人，她立刻甩了甩頭，胡亂擺動手腳。

可悲的是，沒有顯現裝置的艾蓮臂力的等級只夠與（低年級）小學生比腕力，展開緊張刺激的精彩勝負。她完全甩不掉三人的手，只能任其擺布。

平常會上前阻止的小珠仍處於飄飄然的狀態，笑咪咪地說：「呵呵呵，感情真好呢〜」

「哈哈哈……」

感覺這次班會開得比平常還要熱鬧。士道微微苦笑後，不經意望向窗戶的方向。

——於是，空了一年的靠窗座位映入士道的視野。

「…………」

士道輕聲嘆息，將視線稍微移向上方，透過窗戶仰望藍天。

「…………」

喧鬧的教室裡，折紙默默地凝視士道的側臉。

雖說是側臉——他的視線卻沒有望向前方。

而是穿過空無一人的靠窗座位，隨後投向天空。

他的視線看起來有些寂寥，又帶著溫柔。

折紙並非神明，無法完全看穿士道的思緒。

但此時此刻，折紙幾乎能確定。

——士道肯定和自己思考著同樣的事。

「…………」

不過——不，正因如此，折紙才採取行動。

她趁老師不注意時拿出手機，輸入訊息傳給士道。

「……嗯？」

數秒後，士道像是察覺到什麼，眉毛抽動了一下，從口袋拿出手機，看向螢幕。

然後應該是看見折紙的訊息了，只見他瞪大雙眼望向折紙。

「折紙？」

「…………」

折紙只回以微微頷首，回望士道的眼睛——然後越過士道，望向靠窗的空位。

——一年。

與DEM的最終決戰後。

與初始精靈一戰後。

那名少女消失後。

已經過了一年。

◇

「一年啊……時間過得真快。」

夜晚，琴里坐在飄浮於天宮市上空一萬五千公尺的空中艦艇〈佛拉克西納斯〉的艦長席上，微微動著嘴裡含著的加倍佳糖果棒，輕聲低喃。

她身上穿的並非白天的白色水手服，而是以深紅色拔染的軍服，裝飾頭髮的緞帶也從白色變成黑色。是〈佛拉克西納斯〉艦長，五河琴里的司令官模式。

不過自一年前起，琴里轉換成這模式的頻率與來到〈佛拉克西納斯〉的次數也漸漸減少。

這也是理所當然吧。畢竟在一年前的那場戰役，初始精靈澪消失的同時，所有精靈也失去了靈力。

而〈拉塔托斯克〉的仇敵DEM Industry的首腦艾薩克·威斯考特也離開人世。DEM失去威斯考特強大的向心力與影響力，加上反威斯考特派的造反，即使經過一年，如今內部依然分裂。她並沒有輕視敵人的意思，但終歸免不了大幅削弱勢力吧。

換句話說，〈拉塔托斯克〉封印精靈之力，讓她們過安穩生活這個最大目的幾乎已經達成。

機構當然會繼續支援她們，並非從此無事可做，只是既然不會有新的精靈登場和產生靈力逆流的疑慮，可說是幾乎沒有緊急案件的存在。

「——哎呀，琴里也到了會懷念過去的年紀呀。」

艦長席的右邊傳來這樣的聲音。

一名身穿〈拉塔托斯克〉制服的少女望向琴里，長髮因此微微晃動。

「妳要是一直把我當成孩子看待，我可就傷腦筋嘍，瑪莉亞。人是會成長的。下個月我就是高中生了，既會懷念過去，也會因肩膀痠痛而苦惱。」

「妳好像從很久以前就在抱怨肩膀痠痛了。」

琴里開玩笑似的聳了聳肩後，少女——瑪莉亞便莞爾一笑。

「對啊。我有時真羨慕瑪莉亞妳呢，妳的身體不會有這種毛病對吧？」

「正確來說，是能夠任意切換。我基本上都處於運作狀態，要重現人類的身體機能的話也不可缺少負面資訊。」

說完，瑪莉亞揉了揉自己的肩膀。

沒錯。目前站在琴里旁邊的這名少女並非人類。〈佛拉克西納斯〉的管理AI正透過對人溝通用的身體在說話。

這具利用顯現裝置製作而成的人工身體完全重現人類肌膚的質感，甚至會分泌汗水、唾液等體液。老實說，若琴里不知道瑪莉亞的來歷，也不會認為她的身體是人工製品吧。

「哦……是這樣嗎？」

「嗯，這是我的堅持。不鑽研到極致，誓不罷休。」

瑪莉亞說完，得意洋洋地挺起胸膛。聽見她像極人類的說話語氣，琴里不禁笑了出來。

「話說——」

這時，瑪莉亞擺出納悶的表情，望向艦長席的左方。

「神無月從剛才開始到底在做什麼呀？」

那裡有一名身材高挑的男子手撐在地上，身體不停顫抖——他是〈拉塔托斯克〉的副司令，神無月恭平。

「司令……司令下個月就是高中生……雖然我早就知道了，但重新聽到這件事還是有種心如刀割的感覺……」

神無月拳頭顫抖，哽咽地說道，眼淚一滴滴落到艦橋的地板上。大概是因為弄髒了艦艇的內部裝潢，瑪莉亞露出打從心底厭惡的表情。

「你又在說什麼莫名其妙的話啊……」

「不、不……就算變成了高中生，司令的魅力依然不減。只是、只是……！『女國中生上司』與『女高中生上司』之間有著不可跨越的鴻溝……！該說是體認到時光一去不復返的殘酷，還是『發育中』的狀態變成『沒發育』已成定局的心酸——」

「……」

琴里一語不發地抬起腳後，腳後跟直接朝神無月的延髓落下。

「呀嗯！」

神無月宛如一隻被壓扁的青蛙，趴在艦橋的地板上。瑪莉亞的表情更嫌惡了。

「啊，啊啊……這一腳的力道……這就是……成長……？原、原來……有失必有得……世界真是太美妙了……」

神無月以恍惚的表情呻吟般呢喃。看見他還是老樣子，琴里嘆了一大口氣。

「真是的，你也稍微自重一點。我記得你前陣子訂婚了吧？小心對方不要你喔。」

「不用擔心，我對司令是另一種愛。我很愛我的甜心。」

「……喔喔，是嗎？對了，我還沒仔細問你，對方是怎樣的人？」

「是一名看起來像國中生的成熟女性。」

「…………」

感覺還真是死性不改。

琴里放棄似的唉聲嘆息後，從艦長席上起身。

「妳要回家了嗎，琴里？」

「對。定期報告已經報告完了。」

「這樣啊——哎呀，可是傳送裝置是在那邊耶。」

看見琴里走去的方向，瑪莉亞一臉納悶地歪了歪頭。

「喔喔——我處理完一點小事再回去。」

琴里含糊其辭一語帶過後，揮了揮手走出艦橋。

然後直接往通道前進，來到位於〈佛拉克西納斯〉後方的資料室。她面向設置在門旁的攝影機，自動完成臉部認證，門「嗶嗶」兩聲開啟。

雖然取名為資料室，卻並未陳列書籍和文件，而是擺放能進入〈拉塔托斯克〉資料庫的專用終端機。

當然，基本資料從琴里的終端機也能瀏覽，但專門性更高的資訊或禁止攜出的機密資料，就必須像這樣經過認證才能瀏覽。

結果——

「……哎呀？」

踏進資料室的琴里眉毛抽動了一下。

理由很單純。因為室內已經有人先來了。

「你要調查什麼資料嗎，士道？」

「……！」

琴里出聲攀談後，坐在終端機前的士道便肩膀一顫，回頭望向她。

「嗯，是啊……要調查點事。」

士道額頭冒出汗水，臉上浮現不自然的笑容。感覺那時他將身體往旁邊挪了一下遮擋終端機的螢幕，不讓琴里看見。

「哦……」

琴里微微瞇起雙眼——

「啊！」

發出響亮的聲音，指向反方向。

「！什、什麼事？」

士道跟著抬起頭。琴里趁這一瞬間往地板一蹬，視線越過士道的肩膀偷看終端機的螢幕。

「啊！」

「……我看看喔。關於精靈的組成與儀式……還有，關於〈刻刻帝(Zafkiel)〉？哎呀，因為你太鬼鬼祟祟了，我還以為你在搜尋大家體檢時的照片呢。」

「誰、誰會那麼做啊！」

琴里瞇起眼睛說道，士道便臉頰泛紅大喊。不過，那類照片早就鎖起來，讓男性機構人員認證時無法瀏覽。

「那你到底想知道什麼？」

「這個嘛……」

士道挪開視線，支支吾吾。

經過數秒的沉默後，琴里吐了一口長氣。

「……是十香的事嗎？」

「…………！」

琴里低喃般說完，士道明顯屏住呼吸。琴里再次嘆息。

——夜刀神十香。

這個名字在琴里等人之間是特別的。

除了琴里這個例外，她是士道第一個封印靈力的精靈。

與初始精靈一樣，不以人類為形體而組成的純粹精靈。

也是——一年前在大家眼前消失的精靈。

在所有人都得救，得以安穩生活的這個世界，唯一拯救不了的精靈。那便是——十香這名少女。

十香她善良開朗，個性積極，總是帶給大家活力。不用特地說出口，與十香的回憶也鮮明地留在琴里的心中，想必士道也一樣吧。不過，這是──

「……你要想念十香是無所謂，我也沒有打算叫你忘記她──可是，士道……」

琴里望著士道的雙眼說道，士道便死心般垂下目光。

「……我知道。我並非想進行精靈術式或重現〈刻刻帝〉。只是──想更了解精靈的事。」

──若是因為了解而能增加一點點改變現狀的可能性──

士道並沒有將這句話說出口，琴里卻隱約能明白他的想法。她嘆了不知道第幾口氣，搔了搔頭。

「……我沒有要阻止你的意思。反正真正危險的資訊都有加密保護，你就調查、思索到你甘心為止吧。只是──會很難受喔。」

「…………什麼都不做才更難受……感覺就好像自己已經接受十香消失的事實。」

「…………」

琴里無言以對，低下頭。

於是，大概是看見琴里這副模樣，士道尷尬地搔了搔臉頰。

「……不過，今天就查到這裡吧。我明天還有事。」

「……嗯，這樣比較好。你本來早上就爬不起來，要是睡懶覺睡太久，小心我在你肚子上跳踢踏舞喔。」

「拜託不要……」

士道聳了聳肩後，關掉終端機上顯示的畫面，從座位上站起來。

不過，就在他要和琴里擦身而過，離開資料室時，突然停下腳步，回過頭說：

「對了，琴里。」

「什麼事？」

「妳在這種時間跑來調查什麼？」

「…………啊～～……」

琴里聞言，目光開始游移不定。

理由很單純。結果她終究——也不是那種能自命不凡給予士道忠告的人。

「……哈哈。」

士道像是有些安心地露出苦笑後，輕輕揮了揮手，走出資料室。

◇

「——話說回來，真的就突然不再發生空間震了耶。」
在天宮市郊外的某個咖啡廳。
啜飲一口招牌飲品皇家奶茶後如此說道的，是陸上自衛隊對抗精靈部隊的隊長日下部燎子。
她個頭高大，眼睛細長，將頭髮紮成一束，全身肌肉柔韌有彈性。目前身穿休閒的襯衫和丹寧褲，而非AST的裝備或作業服。
「是啊……已經是一年前的事情了吧。自從偵測到巨大的反應後，就無聲無息了。」
「啊～～已經過了那麼久啊～～不過，也有紀錄記載三十一年前空間震頻繁發生後有一段時間偵測不到反應，可能有所謂的周期性吧。」
燎子說完，緊接著如此說道的是散發出小貓般氣息的少女與戴著細框眼鏡的少女。她們是燎子的部下岡峰美紀惠，和AST的維修技師米爾德蕾德・F・藤村。兩人都小口吃著與紅茶搭配的蛋糕，一臉納悶地歪著頭。
「…………」
鳶一折紙在一旁看她們的互動，拿起熱氣騰騰的茶杯，啜飲一口紅茶。新鮮的茶葉香在鼻腔擴散開來，隨後傳來一股柔和的甜味。
仔細一想，她也好久沒跟這群人聚在一起了。當折紙還隸屬於AST時，她們經常見面。不過自從折紙變成精靈，受到〈拉塔托斯克〉庇護後，就沒有什麼機會見面了。

然而她們一派輕鬆交談的氣氛還是跟以往一模一樣，絲毫沒有改變。折紙湧起一股莫名的感慨，默默吐了一口長氣。

不過，當然也有地方不同於當時。最大的變化是——

「——咦？空間震已經不會再發生了吧。我聽說初始精靈消失，精靈全都不存在了……」

多了一名一臉呆愣地洩露祕密情報的少女。

她擁有一頭如陽光聚集般的燦爛金髮，與一雙宛如截取優美海洋的碧眼。她的表情已經超越溫順，散發出柔情似水的氣息。

阿爾緹米希亞．貝爾．阿休克羅夫特。前英國對抗精靈部隊SSS的王牌，同時也是DEM Industry第二執行部的巫師。

不過，說得更正確一點，她其實早已離開DEM，現在在大學專攻心理學。

「…………什麼？」

「精靈……已經不存在了嗎？」

「咦？剛才我們是聽到什麼不得了的情報嗎？」

阿爾緹米希亞說完，燎子等人目瞪口呆。折紙默默地戳了阿爾緹米希亞的側腹。

「——阿爾緹米希亞。」

「咦？啊……莫非我剛才說了什麼不該說的話？啊～～……嗯，抱歉，可能是我弄錯了。」

「妳這是在睜眼說瞎話嘛！」

燎子忍不住對歪頭吐舌的阿爾緹米希亞大喊。

不過，她立刻無奈地嘆息，搔了搔頭。

「對了，妳直到一年前都還待在DEM吧？最好不要把所見所聞的情報外洩……不過，妳之前經歷過那麼多事，竟然還想進入那間公司。」

燎子說完拄著臉頰，翻了白眼。於是，小米「嗯、嗯」地點頭表示贊同。

「就是說呀～真搞不懂進入那種黑心企業的人在想什麼。」

「呃，妳之前不是也有調派到DEM過？」

燎子說完，小米若無其事地笑道：「啊～有嗎？我忘了～」

反倒是阿爾緹米希亞一副面有難色的樣子，盤起胳膊，發出低吟。

「唔唔……其實我也不太記得了。」

「不記得……嗎？」

「嗯。為何進入DEM，進DEM後做了什麼事……感覺腦子裡蒙上一層霧一樣。明明進公司前和辭職後的事我都想得起來，偏偏就是對這件事一片模糊……」

阿爾緹米希亞用手扶著額頭說道，燎子、美紀惠、小米臉色鐵青，一副毛骨悚然的樣子。

「咦，這是怎樣，好可怕喔……沒事吧？妳的腦袋沒有被動手腳吧？」

「畢竟是那個DEM嘛……」

「就是啊就是啊，那間公司裡面的人都是壞人。」

小米交抱雙臂說道，燎子也跟著吐槽。

就在這時，阿爾緹米希亞像是想起什麼事情，用指尖敲了敲額頭，並且搓揉腹部。

「不過……感覺隱約有點印象……啊，對了，我記得好像跟折紙在宇宙交手過……」

「當時真是苦戰了一番呢。」

「說真的，妳們到底都經歷了些什麼啊！」

燎子再次發出變調的聲音吶喊。不過，大概是立刻想起這裡是咖啡廳，只見她咳了一下清清喉嚨，端正坐姿。

「……話說回來，妳說已經不會再發生空間震……如果是真的，那就慘了。我們可能會失業耶。」

「啊哈哈。不過，災害不再發生是值得開心的事啦……」

聽見燎子說的話，美紀惠露出苦笑。「是沒錯啦……」燎子搔了搔頭。

「我想妳們不用擔心會失業。」

「咦？」

「顯現裝置本來是不存在於這世上的超時代科技，它的功用不限於戰鬥。即使證明不會再發生空間震，除非政府頭腦裝豆腐，否則不可能開除能操縱顯現裝置的特殊技能者——巫師（Wizard）。」

「況且——」折紙繼續說。

「其他國家的軍隊和警察暗地裡也配有巫師，用來抑止他國軍力的價值是無可計量的。」

「嗯……妳說的確實不錯。但我希望不要用在這個目的就是了。」

「我們的職位該不會還滿重要的吧……害我緊張起來了。」

「既然如此，我希望薪水多一點～」

小米「啊哈哈」發出爽朗的笑聲。燎子無力地聳著肩，低喃：「真的……」

於是，阿爾緹米希亞伸出一根手指抵住下巴說：

「假如有例外，應該就是所有國家都不得不放棄顯現裝置的清況吧。妳們想，ＤＥＭ現在不是因為起內訌，鬧得亂七八糟嗎？要是公司四分五裂，結果無法提供及維修顯現裝置……」

「啊～……」

燎子面有難色地盤起胳膊。

顯現裝置是只有DEM Industry才能製造的特殊裝置。萬一它的根基崩塌，也無可奈何。

不過，有〈拉塔托斯克〉的核心〈亞斯格特〉電子公司這個例外就是了……折紙當然沒有說出口。

「如果真的變這樣，我會不會被調回原本所屬的會計部門啊？啊～……必須趁現在找個好男人，考慮永久就業才行呢……」

燎子啜飲奶茶，嘆了一大口氣。美紀惠臉頰流下汗水。

「隊長，妳還年輕，不用那麼著急啦……」

「那是妳年紀輕才會這麼想。過了二十五歲後，時光流逝得飛快，千萬別大意——話說，我們一群妙齡女子聚在一起，就沒有人有戀愛話題嗎？」

說完，燎子輪流望向坐在桌前的每個人。大家「啊哈哈」地苦笑。

「很遺憾……」

「我也沒有……」

「都怪沒有男人配得上小米我啦～～」

聽見大家的回答，燎子無奈又有些安心地嘆息。

「什麼嘛，大家還真是老神在在呢——折紙呢？妳是不是說過妳有男朋友什麼的？」

「我——」

就在折紙想回答的時候，某處響起輕微的震動聲和輕快的來電鈴聲。

「啊，是我的。」

阿爾緹米希亞如此說完，翻找包包，拿出智慧型手機，輕觸接聽鍵，將手機抵在耳朵。

「喂，艾希莉？——喔喔，嗯。我知道啦。是、是。」

簡短交談後立刻切斷通話，再次將手機收進包包。
「抱歉，我差不多該走了，我等一下還有約。我看看多少錢——」
「噢，不用了啦。偶爾讓我做些有年長姊姊風範的事吧。」
燎子聽見阿爾緹米希亞說的話，揮了揮手。阿爾緹米希亞有些意外地瞪大雙眼。
「咦，可是……」
「不過，最近要再約出來見面喔。可以嗎？」
「……呵呵，好吧。那就多謝招待了。今天睽違已久見到妳們，很開心——再見。」
說完，阿爾緹米希亞留下笑容離去。
燎子等人揮手目送她離開後，輕輕吐了一口氣。
「阿爾緹米希亞看起來過得很好呢，雖然還是一樣有些傻傻的……」
「是啊。除了DEM的事令人有點不安之外，幸虧看起來安然無恙。」
燎子點頭同意美紀惠說的話。
「好了……我們打算找地方隨便吃點午餐，折紙妳要跟我們一起去嗎？」
「抱歉，我之後也有事。」
「有事嗎……？」
美紀惠歪過頭。折紙微微點頭，接著說：

「——結婚典禮。」

燎子等人聞言，驚訝得瞪大雙眼。

◇

站前廣場的噴水池和位於噴水池附近的奇妙小狗銅像——通稱忠犬八公，是天宮站兩大碰頭地點。

雙方都是走出車站驗票閘口後馬上就能看見的明顯物標。既然是初次造訪天宮站的人都能一眼認出，獲得共識的場所，自然也會被選為碰頭地點。

話雖如此，這同時也意味著容易聚集人潮。一到假日，便有不計其數的人把站前廣場擠得水泄不通。

行人、相約碰面的人、街頭音樂家、圍觀的觀眾，以及嚷嚷著「艾蓮老師，這邊！」「去那家店逛逛吧！」「先逛內衣！」「放～～開～～我～～啦～～！」的集團——形成明明是碰頭地點，卻難以找到對方這種本末倒置的狀況。

不過——

「——啊，找到了。」

來到站前廣場的士道立刻發現目標人物，並走向她。

折紙以完美如範例的直立姿勢站在噴水池正前方。

沒錯，士道昨天在學校答應了她的邀約。

士道有幾次和折紙約在這裡碰頭，她總是比約定時間早到，每次都站在相同的位置等士道。

所以不管人潮多洶湧，士道總能在短時間找到她。

不過，可能也跟折紙威風凜凜的存在感散發出與周圍氣氛格格不入的感覺這點有關吧。

「嗨，妳今天也很早到呢，折紙。妳等很久了嗎？」

「我才剛到。」

士道說完，折紙面向士道，如此回答。

這樣的對話也一如往常。士道內心湧起一股莫名的安心感，莞爾一笑。

「對了，今天要去哪裡？妳說有事情想做——」

「跟我來。」

折紙如此說道，牽起士道的手，邁開腳步。穿梭在無數人影之間，步伐沒有一絲多餘的動作，箭步如飛地前進。

「哇！等一下，至少告訴我要去哪裡吧。」

「你馬上就會知道了。」

折紙冷淡地如此說完，就這樣一直前進。

數分鐘後，在一棟巨大的建築物前停下腳步。

「到了。」

「這裡是……」

士道眨了眨眼，抬頭仰望這棟建築物。這是一棟乍看之下無法確定有幾層樓的高樓大廈，以直線構成的雄偉外觀，沐浴在陽光下閃閃發光的玻璃牆面。

然後，大門口上方寫著「帝國飯店東天宮」。

「……妳來這種地方是打算做什麼啊，折紙！」

士道發出變調的聲音，企圖向後退，手腕卻被折紙牢牢抓住，無法動彈。沒想到折紙身材纖瘦，手勁卻如此強大。

「別誤會，我不是來這裡住宿的。」

「是、是這樣嗎……？」

聽見折紙說的話，士道皺起眉頭回答。

不過，聽她這麼一說，這裡並非他時常差點被她帶進的那種有提供休息的旅館，而是各種設施齊全的高級飯店。各類餐廳鱗次櫛比，地下樓層還有一大片購物區。這個地點作為約會行程確實不算奇怪。

「真的是耶……抱歉，我的身體已經習慣折紙＋飯店＝危險的組合了。」

「我就當作你是在稱讚我了。」

折紙心情並未感到不愉快地如此說完，便拉著士道的手走進飯店。

高聳的天花板，裝飾天花板的水晶吊燈。先前發出堅硬聲響的鞋底被地毯包覆，悄無聲息。迎接士道和折紙的，是從充滿近代建築感的外觀難以想像的豪華玄關。

「哇～～……」

士道並不常出入高級飯店，他眨著雙眼，四處張望。不過，折紙並不怎麼在意地直線穿過玄關。

然後直接往飯店最內部前進——到了某個區域才終於停下腳步。

「……嗯？」

士道觀察四周的模樣，一臉納悶地歪了頭。

不過，這也難怪吧。因為那裡裝飾著無數件「款式多樣、設計精美的純白婚紗」。

「——歡迎光臨。請問是預約的客人嗎？」

「是的。預約的名字是五河。」

「五河小姐是嗎？恭候多時。敝姓操田，今天由我來為您服務，還請多指教——那麼，這邊請。」

應該是飯店人員的女性恭敬有禮地接待兩人。

士道一臉呆愣，被折紙拉到鬆軟的沙發坐下。

「…………嗯嗯？」

當士道搞不清楚狀況，歪著頭時，自稱操田的女性端茶送到士道和折紙面前，然後攤開一本像是簡介的東西。

「恭喜您，五河小姐──根據您預約的婚禮方案，可以選擇這些婚紗。您要挑哪一件呢？」

「士道，你覺得哪件好？」

「……………………嗯嗯嗯嗯嗯……？」

「……那個，呃，我腦子有點轉不過來，妳現在是要我選什麼？」

折紙臉頰微微泛紅，輕輕靠在士道肩膀上。士道表情染上困惑之色，來回凝視折紙與簡介。

「我的婚紗。」

「……折紙，妳要結婚嗎？」

「正確來說，我已經入籍了。」

「…………跟誰？」

士道詢問後，折紙有些難為情，羞澀地指向士道。

「──啥啊啊啊啊啊啊啊啊啊啊啊啊啊啊啊啊啊啊啊啊！」

士道終於理解狀況，不由自主地大喊。坐在對面的操田肩膀抖了一下。

「等、等一下，妳說入籍……是什麼時候入的？」

「上週一。黃道吉日。」

「欸，我怎麼沒有印象！」

「結婚申請書我已經交出去了。」

「那不是可以隨便提交的東西吧！」

士道大叫後，折紙將手擱在士道的肩上，說道：「冷靜點。」

「你靜下心來思考一下，士道。你現在幾歲？」

「啥……？我、我現在十八歲啊……」

「沒錯。我也是。」

「所、所以呢……？」

「沒問題。」

「問題可大了好嗎！」

根本全是問題。士道抱頭叫喊。

於是，折紙見狀，歪了歪頭。

「你不想跟我結婚嗎？」

「呃，這不是想不想的問題……這種事情要經過雙方同意才能……」

「你討厭我嗎？」

「呃，我就說……」

士道不知道該如何回答，不久後，折紙像是忍俊不禁地嘻嘻笑了出來。

「折紙……？」

「──鬧你的。」

「……咦？」

「是小折折幽默的玩笑。嚇到了嗎？」

說完，折紙凝視士道的雙眼。

士道屏息數秒後才終於吐了一口氣。

「……折紙，我說妳啊……真的害我心臟差點停止……」

「沒想到放印章的櫥櫃竟然設置了陷阱，琴里真是個可怕的孩子。」

「妳竟然差點得逞嗎！」

士道再次發出哀號般的聲音。於是，折紙又笑了出來……看來那似乎也是玩笑話。士道無奈地嘆了一口氣。

折紙笑了一會兒後，突然低垂目光，呢喃般說道：

「——好久沒聽見你喊得那麼大聲了。」
「呃，在這種情況下，我當然會大喊啊……」
士道搔了搔臉頰回答後，折紙輕聲接著說：
「這一年來，無論你表現得再怎麼開朗，還是感覺有些無精打采的樣子。」
「…………！」
聽見折紙說的話，士道微微屏息——宛如被看穿一切。
「…………」
折紙溫柔又帶點落寞地微微一笑後，拿起攤開在桌上的簡介。
「士道，你覺得我適合哪一件？」
「咦——」
「這個方案原本就是穿婚紗拍紀念照的企劃——你可以至少陪我拍張照嗎？」
「喔，好……」
士道像是被折紙的氣勢震懾般輕輕點了點頭後，指了一件感覺很適合折紙的純白婚紗。
約一個小時後。

士道坐在飯店內等候室的椅子上，怔怔地望著虛空。

他身穿做工良好的白色無尾晚禮服。沒錯，既然折紙要穿婚紗拍照，那代表站在她身旁的士道也必須打扮成與其相配的模樣。

……嚴格來說，士道以前曾經做過類似的裝扮，但根本不習慣。穿起來總有些不自在，令士道不禁微微轉動肩膀。

不過，士道現在所感到的不舒適肯定不單是這身華麗的服裝造成的吧。他以誰也聽不見的細小聲音嘟囔一句：

「……感覺無精打采嗎？」

剛才折紙說的話縈繞在他的腦海。

——十香消失後過了一年。士道的心中還遺留著後悔。

當然，他腦袋是可以理解。既然十香是純粹的精靈，就無法避免這個結局。其他人平安無事，澪雖然消失，卻也達成了她的夙願。十香也多虧了天香，能夠度過臨終之時。即使重新來過，也未必能得到更好的結果。

不過，士道突然這麼想。

——自己當時的選擇真的是正確的嗎？是否還有更多力所能及的事？

「唔……」

自己努力佯裝平靜，不讓大家擔心，但看來還是讓折紙察覺到不對勁……不對，其他人也是這麼想，只是沒有說出口而已吧。

一心不想讓大家擔心，結果反而弄巧成拙，真是愚蠢。士道盤起胳膊，尷尬地輕聲低吟。

「——新郎官，新娘子準備好嘍。」

就在這時，等候室的門打開，剛才的員工操田露出臉來。士道連忙放下雙臂，從椅子上站起來，面向操田。

「啊，好的……嚴格來說，我並不是新郎官。」

「啊，對耶。真是失禮了。」

說完，操田「呵呵呵」地掩嘴發笑……該怎麼說呢？可以感受到她身為大人的肚量，還刻意配合因年輕一時衝動而興致勃勃的情侶。

「來，這邊請。」

「好的。」

士道跟在操田後頭在走廊上前進，來到折紙等待的房間。

「失禮了。」

操田敲了敲門，將門打開。士道在她的催促下踏進房內。

於是——

「————」

士道頓時張口結舌。

不過，這也是理所當然的事。因為一身純白婚紗的折紙美得令人屏息。

薄絹頭紗輕柔地覆蓋她的淡色頭髮，亮片因窗外射進的亮光而宛如群星閃閃發光。想必妝容也是配合這身打扮而化的吧，白皙面容上擦的淡色口紅確實描繪出淺淺的微笑形狀。

這裝扮令人想起精靈時期的折紙——如此神秘的美感，如今就纏繞在折紙身上。

「——怎麼樣，士道？」

「嗯……很適合妳。老實說，我感到驚豔。」

「是嗎？你那身打扮也很帥氣喔。」

「哈哈哈……」

當面受到稱讚還真是令人難為情。士道害羞地發出笑聲。

於是，看著兩人會心一笑的操田催促般說道：

「呵呵，那麼兩位接下來去拍照吧。飯店後面有一座教堂，請移步到那裡吧。」

「啊，好的。那我們走吧，折紙。」

「——嗯。」

折紙輕輕點頭後，將手搭在士道的手臂上——動作溫柔得與進入飯店時判若兩人。

她這天壤之別的態度令士道苦笑了一下，但他還是護送折紙走在走廊上。

途中，折紙呢喃了一句：

「——士道，你還記得我們初次見面時的事嗎？」

「咦？嗯——我兩次都記得很清楚。」

士道微微聳了聳肩，如此回答。

沒錯。多麼奇妙啊，士道與折紙的初次見面竟然有兩次。

對折紙而言，是六年前的大火災時；對士道而言，剛升上高中二年級時才是他主觀上的初次見面。

折紙輕輕點頭後，接著說：

「高中二年級同班後，你馬上就跟我告白了。」

「噗……！」

聽見折紙說的話，士道不禁咳了好幾下。

那件事，士道也記得一清二楚——那是他剛身負攻略精靈的任務時，選擇身邊的同學折紙來作為追求女生的訓練對象。當然……在折紙受到〈拉塔托斯克〉的保護後，士道也解釋過這方面的事情了……

「呃，我說啊，折紙，妳說的確實是事實，不過……」

「告白就是告白。你應該對自己的發言負責。」

「……妳說的完全沒錯。」

這番話正確得令士道無話可說。他縮起肩膀，小聲回答。

說到底，問題在於擅自將同學當作練習對象的〈拉塔托斯克〉。關於這點，折紙完全沒錯。

「不過——」折紙接著說：

「我之前也說過，當時我對你抱持的感情肯定是依賴，只是利用你來彌補自己不足的東西。就這層意義來說，當時的我並沒有資格接受你的告白。」

「折紙……」

士道微微皺起眉頭，然後搖搖頭。

「我說過，我很榮幸妳能依賴我。」

「——呵呵。」

折紙開心地微笑後，抬起頭。

「謝謝你，士道。可是，沒關係的。」

恰巧在這時，前方的門扉開啟，光線照耀兩人。

飯店後方出現一大片寬廣的空間，一座白色教堂坐鎮於石造地面前方。

籠罩在燦爛光芒下的折紙凝視著士道的眼睛，開口說道：

「——這次我敢自信地說。
如今存在於我心中的這份感情，無庸置疑——是愛。」
「————」
士道不由得瞪大雙眼，被折紙的姿態奪去目光。
她那披著光之面紗的模樣。
以及經過長久的戰爭與苦惱後，終於尋找到答案的表情，實在太過美麗——
看起來彷彿真的天使一樣。
「——來，兩位，請先站到教堂前面！」
「……！」
聽見操田的聲音，士道宛如解除石化狀態般，肩膀赫然抽動了一下。
「走吧，士道。」
「嗯，好……」
折紙溫柔地催促。士道輕輕點頭後，和折紙一起走到教堂前。
於是，站在操田旁邊的攝影師盯著相機的觀景窗，詳細地下達指示。士道與折紙遵從指示，微調站立的位置和姿勢後，對鏡頭微笑。
「我要拍了喔。來，笑一個——」

——瞬間。

「…………！」

士道驚愕得雙眼圓睜。

不過，這也是理所當然的事。因為在攝影師即將按下快門時，折紙一把拉過士道的手，在他臉頰上輕柔地印下一吻。

「喀嚓」——響起快門聲。頭紗隨風飄逸。操田說著「哎呀哎呀」並摀起嘴。

教堂周圍的白鴿彷彿配合快門聲，同時展翅高飛。

「——今天謝謝你，我很開心。」

一陣猛拍之後。

換好衣服的折紙在碰頭地點噴水池前如此說道。

「嗯……我也很開心……雖然發生了許多出乎意料的事情就是了。」

士道臉頰微微泛紅，搔了搔頭。折紙見狀，輕輕莞爾一笑。

「……啊，不過拍好的照片不要讓太多人看喔，感覺會一發不可收拾……」

「我知道——在我們真正的結婚典禮來臨之前，我不會讓任何人看。」

「喂、喂……」

士道苦笑，折紙突然垂下視線。

「——今天的攝影，算是一種表明決心吧。」

「表明決心……？」

士道詢問後，折紙點了點頭，接著說：

「精靈之力已從這世上消失。即使曾經身為精靈的我們精神狀態不穩定，也不會造成靈力逆流，引起災害。換句話說——這代表你選擇特定的某人也沒問題。」

「是、是這樣嗎……？」

聽她這麼一說，士道臉頰流下汗水。士道不是不能理解折紙所說的話，只是……重新聽她說出口，實在令人不知所措。

「不過，士道，你的眼裡——肯定映著十香。經過一年後，依然沒有改變……不對，反而比一年前更加強烈。」

「我……」

「——我不知道那是否能稱為愛戀。不過，只要你內心抱有那份感情，就無法選擇其他人。你的內心深處會想：十香都消失了，自己可以得到幸福嗎……我想，我就是喜歡你這一點吧。」

「…………」

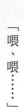

聽完折紙這番話，士道沉默不語。
於是，折紙慢慢睜大眼，凝視著士道的眼睛。
「以前的我或許會說出——『我會讓你忘記十香』這種話。」
「不過——」折紙接著說：
「現在的我不會這樣想——要是你敢忘記十香，我絕對不會原諒。那樣的士道，不值得接受我的愛。」
「……！」
折紙直勾勾地望向士道，如此宣言。看見她雙眸燃起的強烈意志，士道不禁嚥了一口口水。
不過，他並非感到戰慄或恐懼。
真要說的話——沒錯，比較接近獲得強力夥伴的安心感。
「嗯……我也……這麼認為。」
「沒錯。所以我要——超越十香，成為最棒的女人，讓你即使持續愛戀十香，也忍不住回應我的愛。」
折紙的指尖輕輕觸碰士道的胸口。
宛如用槍射擊他的心臟。
「——」

士道頓時瞪大雙眼後——

「……嗯，我期待。」

莞爾一笑，如此回答。

◇

——據說夕陽西沉的這段時間之所以稱為黃昏時分（TASOGARE），是來自誰彼（TASOKARE）這個詞彙。

誰彼——你是誰。換句話說，是天色昏暗得看不清遠方走來的人究竟長什麼樣子的時間。

只能感覺到有人影，卻不知來者何人。是自己的知己？陌生人？還是什麼魔物——

黑暗會喚起人根本的恐懼，即使來到人類獲得電力的文明現代，也不曾改變。

正因如此吧。

黃昏時分，也被稱為逢魔時刻。

「————！」

折紙感受到出現在背後的氣息，繃緊全身。

回頭的同時壓低姿勢，謹慎地張望四周。

於是，那道人影既未隱藏氣息也未放輕腳步聲，而是大大方方地現身。

「——誰？」
即使折紙開口詢問，那道人影也沒有回答。
距離很遠，看不清長相。不過，能明確感受到敵意、殺意以外的負面情緒正在翻騰。
「啊，啊，啊，啊——」
斷斷續續的沙啞聲音。
比起人類，更令人聯想到粗暴的野獸。
「啊啊啊啊啊啊啊啊啊——！」
「……！」
人影一聲咆哮，同時撲向折紙。折紙皺起臉，為了轉守為攻而舉起手。
然而——
「……！妳是——」
在距離近到不屬於黃昏範疇的那一瞬間，折紙看見了。
看見那張染上絕望的臉龐。
「————」
下一瞬間。
獸爪撕裂折紙的胸口。

第二章　本条二亞

我變成精靈是在……我想想，是多久以前的事了啊？啊～～就是那個啊，《次元騎士格蘭傑》播出的時候……嗯？你不知道這部名作？你是說真的嗎？那你要看嗎？我家有。不過是ＶＨＳ錄影帶就是了。

……哎，先不討論這個，剛才在說精靈的事吧。

嗯～～……問我恨不恨小澪嗎？畢竟經歷過許多遭遇嘛。她害我極度不相信人類，還被ＤＥＭ抓走，把我的腦袋弄得亂七八糟。我本來有Ｆ罩杯的，結果整個消風……嗯？那是我原本的身材？總之，不管得到再怎麼高性能的天使，都不划算啦。

不過，這個嘛，如果不變成精靈，就無法認識大家跟少年了。

平凡地畫漫畫，平凡地連載，平凡地大賣……哎呀，我本來想說什麼金玉良言的，結果原本的人生還滿一帆風順的，真是傷腦筋。

呃～～哎，怎麼說，看來不該做自己不擅長的事呢。漫畫家只有在紙上才有辦法正經。

總之我能說的頂多只有跟大家玩耍很開心，少年做的飯很好吃，嗯。

不過，放眼人生，也沒多少事比得過吃喝玩樂吧？

◇

琴里接到那通電話時，是在與四糸乃、六喰、七罪、真那這群國中生放學一起去咖啡廳「La Pucelle」的時候。

琴里一行人點的是當季推薦的蛋糕套餐。春季的品項是草莓蛋糕，上頭堆滿如寶石般晶瑩剔透的草莓。琴里和四糸乃、六喰她們露出閃閃發光的眼神，用智慧型手機拍照，雙手合十說：

「我要開動了。」再用叉子刺起蛋糕，送進嘴裡。

那一瞬間，已結束拍照任務、放在桌上的手機響起輕快的來電鈴聲。

「……嗯嗯？」

琴里張著嘴，望向手機。

螢幕上顯示「大地綻放的一朵花・MARIA」。總之，就是瑪莉亞打來的……當然，那並非琴里儲存的名字。順帶一提，上週是「觸碰不到的人・MARIA」，上上週是「美麗魔鬥家・MARIA」。看來是依心情而改變。

「啊嗯！」

不過，食物都到嘴邊了，怎麼能放下。琴里繼續大快朵頤，在來電鈴聲響著的狀態下，不斷咀嚼。

「呃，妳不接嗎？」

坐在她斜對面的真那雙眼圓睜地說道。琴里享用完當季草莓的酸甜滋味後，「呼～～」地吐了一口氣。

「沒有，我要接。只是，把刺過的蛋糕又放回盤子，感覺對蛋糕很失禮。」

「是、是這樣嗎？」

說完，真那搔了搔臉頰。

反正又不是緊急事態。若是真有十萬火急的事，應該會使用緊急線路，重點在於要談嚴肅的話題時，來電顯示名稱只會出現「ＭＡＲＩＡ」。像現在能在顯示名稱看出玩心時，大多是神無月在艦橋發出怪聲、二亞不遵守休肝日這類雞毛蒜皮的抱怨或閒聊。

蛋糕有水分，久放的話表面會乾掉，降低風味。要是電話講太久就先掛斷，再找時間打回去吧──

琴里思考著這種事，正要輕觸通話鍵時，鈴聲中斷。

一時之間還以為對方放棄了──然而並非如此。手機螢幕顯示出瑪莉亞的臉後，話筒立刻傳出熟悉的聲音。

『哎呀，妳不是在嗎，琴里？快點接電話。』

「唔咦！」

事出突然，琴里肩膀抖了一下。圍著同一張桌子的四糸乃和七罪也吃驚得瞪大雙眼。

「喂，瑪、瑪莉亞？妳這是在做什麼啊？」

『問我做什麼，我只是有事情想找妳商量，所以打電話給妳啊。』

「我不是指這個！為什麼我沒碰到手機，就自動變成通話狀態了啊！」

琴里說完，螢幕上的瑪莉亞得意洋洋地揚起嘴角。

『只要經過我的手，遠端操作智慧型手機這點小事就像解開魔術方塊一樣。』

「……不是，妳這比喻感覺很困難啊。」

即使七罪瞇起眼睛吐槽，瑪莉亞依舊滿不在乎地眨了眨眼。

『是嗎？我是用來比喻輕而易舉耶——噢，放心吧。我沒有事先安裝遠端操作的ＡＰＰ。』

「沒有安裝還能操作才恐怖吧！」

「真是的……」琴里搔了搔頭，拿起手機平視螢幕上的瑪莉亞，接著說：

「所以，妳要找我商量什麼事？神無月又幹了什麼嗎？」

『不是。也許是我太多心了——但我偵測到有些令人在意的反應。』

「……令人在意的反應？」

琴里聽了瑪莉亞說的話，眉尾抽動了一下。

「這件事，最好別在外面談對吧？」

『對，盡可能不要。』

「嗯～～……這樣啊。我知道了。」

琴里如此說完，輕觸手機螢幕切斷通話。

然後把剩下的蛋糕大口大口塞進嘴裡，喝下紅茶，吐了一口氣。

「——各位，抱歉，我先走一步。」

「這倒是無所謂……但如果有什麼事，我們也陪妳一起回去吧。」

「不用，沒關係、沒關係。我想應該沒什麼大事。難得來這裡，妳們就慢慢享用蛋糕吧。啊，這是蛋糕錢。」

琴里將蛋糕錢交給真那後，說著「掰掰～」揮了揮手，離開店家。

「…………」

她颯爽地走在路上，一邊解開白色緞帶，以從口袋拿出的黑色緞帶重新紮起頭髮。

然後直接走到四下無人的小巷裡，下一瞬間，一股飄浮感包圍全身——琴里移動到〈佛拉克西納斯〉的艦橋。

「等候多時了，司令。不好意思，打擾您悠閒的時光。」

一名身穿〈拉塔托斯克〉制服的女性向琴里敬禮，一邊如此說道。她是〈佛拉克西納斯〉的船員之一，〈詛咒娃娃〉椎崎。雖說精靈消失後，〈佛拉克西納斯〉的工作量減少，但還是有最低限度的船員輪班到艦橋待命。

「別客套了，究竟是怎麼回事？」

「是，這邊請。」

琴里將書包交給椎崎保管，走向艦長席。瑪莉亞已站在艦長席旁等候。

「──所以，瑪莉亞，妳說偵測到令人在意的反應是什麼？」

「妳看。」

瑪莉亞簡短說道，面向艦橋的主螢幕。

於是，彷彿配合她的動作──控制艦艇的是瑪莉亞，實際上也真的是在配合吧──螢幕上顯示出數字與圖表。

「嗯……」

琴里坐在艦長席上，瞇起眼睛。

那是表示偵測器偵測到的空間搖晃的數值與圖表，通常用來預測空間震。如今初始精靈消失，不再發生空間震，因此沒什麼機會過目，但瑪莉亞似乎依然持續固定偵測。

琴里由上方依序觀看數字後，眉尾抽動了一下。

雖然很微弱——還是有偵測到空間震動的狀況。

「這是……」

「沒錯。能看見這幾週的數值產生變化。不過，真的是漣漪等級的震動，我之前認為是機器的誤差。不過——」

「不過什麼？」

琴里反問後，瑪莉亞張開手掌，伸向螢幕。

於是配合她的動作，螢幕上切換成其他畫面……照理說，根本不需要做出這類動作，但按照瑪莉亞的說詞，就是所謂的堅持吧。

新顯示出的畫面是地圖，而且不是表示天宮市近郊的地圖，而是以日本列島為中心的世界地圖。

然後，地圖上畫有類似巨大紅色波紋的東西。

琴里瞬間愣了一下，但旋即反應過來——那圈吞噬世界的紅色波紋正是偵測到震動的範圍。

「！範圍竟然這麼大嗎？」

「是的。宛如——世界本身產生脈動一樣。」

「………」

琴里聽了瑪莉亞說的話，表情轉為嚴肅。

這反應的確微弱得可說是誤差，恐怕連ＡＳＴ的偵測器都難以偵測到吧。

不過，看見覆蓋日本，甚至是歐亞大陸、太平洋、澳洲、美國西海岸的偵測範圍，實在不好置之不理。

「……瑪莉亞，持續偵測。不只要偵測空間的震動，保險起見，連靈波反應和魔力反應也一併偵測。」

「了解──等二號機到五號機打工回來，我立刻讓它們開工。」

「好，拜託妳了──嗯？」

琴里點頭點到一半，對這句奇妙的話感到疑惑。

「瑪莉亞，妳剛才說什麼？」

「嗯？喔喔，我說二號機到五號機。妳知道我有好幾個介面體吧？」

「知道是知道啦……」

「喔喔，那妳是不懂讓複數個以同樣ＡＩ統理的個體運轉的意思嗎？那些身體確實全都由我管理，但各自搭載了輔助用的演算裝置。當然是比不上〈佛拉克西納斯〉的演算裝置啦，但只要同時運用，還是能期待一定的效果。我再怎麼注重形式，也不會只為了裝忙而收集身體。」

「不，我不是指這個，妳說打工是什麼意思？」

琴里冒著汗水說道，瑪莉亞突然挪開視線。

「初始精靈消失後已經過一年，不再出現空間震和靈力逆流的危險，實在沒辦法像以往那樣輕易申請到雜費。可是，我雖然是ＡＩ，也是個正值青春年華的少女，有許多想要的東西。像是衣服、首飾、化妝品，還有外裝用的蠟、演算用的超級電腦、緊急時刻用的燃料空氣彈……只能靠自己賺錢了。」

「不覺得後半段怪怪的嗎！話說，妳的身體充滿機密，跑去打工太危險了吧！」

「喔喔，這一點妳用不著擔心。我是在絕對不會給〈拉塔托斯克〉添麻煩的地方工作，完全不會打探個人資訊。雖然多少會給身體帶來負擔，但只要工作上手了，就有望賺取高收入。不過，的確不是個會讓人想在那裡工作的場所就是了……」

「妳到底在哪裡工作啊！」

瑪莉亞說的內容實在太詭異，令琴里不禁哀號般大叫出聲。

◇

「——呃～～我記得好像是一八〇一號房吧。」

士道喚起記憶般自言自語後，在機器面板上輸入這串數字。

於是響起「叮咚～～……」聲，擴音器立刻傳來耳熟的聲音。

『快～～點～～過～～來～～……』

伴隨著這道聲音，公寓玄關入口同時開啟。士道重新提好手上的購物袋後，踏進公寓。

接著直接搭乘電梯，前往目的地所在的樓層。

士道造訪的並非五河家旁的公寓，而是位於市內的高樓大廈——前精靈漫畫家本条二亞的住處兼工作室。

好像是原稿進度卡關到前所未有的程度，剛才打手機給士道，假惺惺地啜泣求救。

她蹩腳的演技令士道只能苦笑，但他也不是特別忙，便答應請求，前來救援。

「不過，還真多耶。她應該沒有僱用助手才對啊……」

士道瞥了一眼半路上買來的食物，自言自語地呢喃。

二亞這幾天似乎只吃杯麵，對士道訴苦她想吃頓像樣的餐點，士道便在途中買食材帶過來，但二亞的要求實在太大量了……是打算先做好保存以便隨時能享用嗎？

士道思考著這種事情，抵達目的地。他把手伸向門旁，想要按門鈴。

於是那一瞬間，房門「磅～～！」一聲敞開，彷彿察覺到士道來訪。

「哇！」

「你來了啊，少年！我等你等得好苦啊啊啊啊……！」

二亞如此說道，臉上浮現無力的笑容。

她是一名年約二十，戴著眼鏡的女性。身穿只注重機能性的運動服，外頭還披了一件俗氣的居家棉襖。慣用手戴著薄手套，但食指、中指、大拇指的部分露出來，手的側面烏漆抹黑。瀏海用髮帶箍起，取而代之的是蹂躪額頭的退熱貼。這些全部渾然一體，讓她看起來像個陰氣逼人的敢死隊士兵。

「喔、喔……妳看起來真的很慘耶……」

「超慘的啦～～我畫連載那麼久，這種生不如死的狀況——我想想，大概有兩個月沒碰到了吧。」

「還滿頻繁的啊！」

士道發出變調的聲音，二亞「嘿嘿嘿……」地笑出聲，聳了聳肩。

「總之，謝謝你來幫我。最近我都只吃泡麵，沒什麼體力……我肚子餓了，可以麻煩你先幫我準備早餐嗎？」

「嗯，好。」

現在時刻是下午一點，早就過了早餐時間，但士道不敢吐槽她。她大概從早上到現在都還沒吃任何東西吧。

「我有買食材過來了，借妳的廚房一用。家裡應該有簡單的調理器具吧？」

「嗯，有有有。跟新的一樣，亮晶晶的。」

「妳也多少用一下啊……」
士道額頭冒出汗水，穿過堆積著無數紙箱和書本的走廊，走向廚房。
「嗯……？」
走到半路，士道停下腳步。理由很單純，因為變成二亞工作場所的客廳有人的氣息。
「——第五頁，畫完背景了。」
「這邊也是，貼好網點了。」
「那把妳們的檔案傳過來，我一起確認。」
——進行上述的對話。
工作場所並排的桌子前坐著樣貌完全相同的少女，正對著繪圖板進行作業。
「瑪莉亞？妳們在這裡做什麼？」
目睹出乎意料的光景，士道瞪大雙眼。沒錯，待在那裡的正是〈佛拉克西納斯〉的AI，瑪莉亞的介面體們。
正在作業的瑪莉亞們同時望向士道。
「你好，看來你也被叫來幫忙了呢。」
「我在打臨時工。我本來也不願意在這種惡劣的環境工作，但實在想要能自由使用的錢。」
「順帶一提，一人可以賺到兩萬圓的特別時薪。二亞一旦火燒屁股，付錢就付得很爽快，勸你也趁現在敲她一筆。」

瑪莉亞們淡淡地如此說道，再次繼續工作。二亞無奈地聳了聳肩。

「我真的人手不足～～……自從七果開始上國中後，也很難抓到了……不過，瑪莉亞嘴巴毒歸毒，作業卻很正確，在完稿階段可是不可多得的幫手啊。」

「原、原來如此……」

不過，士道在這時發現了另一件事。

瑪莉亞們並排坐的桌子旁角落的位置，有另一名不是瑪莉亞的人物。

一身黑色的運動服，與綁得亂七八糟的淺色金髮——不會錯，是前DEM巫師，現任〈拉塔托斯克〉機構人員，艾蓮。

「呼……呼……這樣如何？」

她奄奄一息地亮出一張紙。不知為何，只有她一人是用手工作業。

「嗯～～？」二亞摩娑著下巴，探頭注視艾蓮手邊——拿起放在一旁的紙扇，「啪～～！」一聲敲打艾蓮的頭頂。

「不～～對！」

「痛……！妳、妳幹嘛啦！」

「還敢頂嘴～～！不會塗黑、不會貼網點，還是個機器白痴，我只好讓妳擦草稿，為什麼連橡皮擦都用得那麼爛啊，喂～～！一堆線都沒擦乾淨！妳的力氣到底有多小啊，小艾艾！就妳這樣，還妄想能當上職業漫畫家嗎！」

「誰想當職業漫畫家了啊……」

「Shut up！給我重擦！再用力一點，灌注妳的愛！」

「唔唔唔唔唔……」

艾蓮心有不甘地發出低吟，繼續作業。「真是的……」二亞將紙扇靠在肩上。

「咦，連艾蓮也在嗎……」

「嗯？是啊，我說人手不足，結果就順便派她過來了。不過～～如你所見，根本幫不上忙。我一開始也是想以一個過來人的心態實施斯巴達教育，好好使喚她，沒想到她比我想像的還沒用，我反而都要喪氣了。」

二亞唉聲嘆息後，瑪莉亞大聲補充：

「順帶一提，艾蓮是〈拉塔托斯克〉的機構人員，所以是領固定薪。」

「哈、哈哈……」

當士道無力地苦笑時，二亞的背後突然冒出一道人影，搶走她手上的紙扇，直接朝她的頭拍下去。

「好痛～～！妳、妳幹嘛啦～～！」

二亞按著頭蹲下，出現在她背後的人影——另一名瑪莉亞（不知為何戴著黑框眼鏡，別著寫上「進度監督人員」的臂章）一臉無奈地嘆了一口氣。

「我才想問妳吧。妳有資格說艾蓮嗎？快點回去描主要角色的線啦。」

「好啦～～……」

二亞揉著頭，回到放著墨水瓶和描線筆的自己的作業臺。看來二亞也在人工作業。對了，二亞好像說過雖然完稿階段已慢慢改成電腦作業，但只有畫草稿和描線，她還是習慣用手工作業。

「士道，那就麻煩你準備餐點了。二亞、艾蓮、士道，還有我們四個，總共是七人份。」

「了解，等我一下。」

原來如此，難怪需要大量食材。士道大幅度地點了點頭後，走向廚房。

「好——快點動手做吧。」

接著洗完手，開始調理。

由於事先已經聽說這火燒屁股的狀況，便決定做三明治。他認為這樣可以邊吃邊工作，而且只要改變夾的餡料，就能享受到各式各樣的味道。

士道將在來這裡的途中的麵包店買來的剛出爐的麵包切片後，一一夾進食材。火腿蛋起司加鮪魚三明治；滿滿的烤牛肉淋上辣根醬，還準備了香辣豬排三明治和夾了鮮奶油、草莓的水果三明治。

約三十分鐘後，白色的盤子平原上綻放出大小切成方便食用的各式三明治花朵。

「來，大家，做好嘍。」

「「……！」」

大概是對士道的聲音產生反應，工作場所投來光輝燦爛的視線。主要是二亞和艾蓮就是了。

士道苦笑著走向她們，將裝著三明治的盤子放在幾個地方。

「耶～～我要開動了！」

「隔、隔了十二小時，才吃到像樣的餐點……」

二亞和艾蓮將手伸向三明治，一邊如此說道。「好～～好～～吃～～啊～～！」二亞口中吐出光芒（自行想像）；艾蓮則是淚眼汪汪地發出「嗚！嗚嗚……」的哭泣聲。

「真是的，妳們兩個這樣很難看耶。」

「再怎麼饑餓，用餐都要保持優雅。」

說完，瑪莉亞們用除菌濕紙巾擦手後，也開始享用三明治。瑪莉亞的內燃機似乎能夠將有機物轉換成燃料，因此能像人類一樣用餐。

「哈哈……不過，看妳們吃得津津有味，我也很開心。」

士道拿起烤牛肉三明治，咬了一口並咀嚼。牛肉香醇的美味與辣根醬的辣味搭配得絕妙。雖然是自賣自誇，味道實在是一絕。

「呼～～……活過來了～～……人果然還是得吃飯才行啊，這是天經地義。人不是為了工作生活，而是為了生活而工作，不該本末倒置。」

肚皮鼓鼓，恢復幾分冷靜的二亞一副有所領悟的樣子說道。不過，監督進度的瑪莉亞開始用力揮舞紙扇後，她便立刻坐正。

將筆尖浸入墨水瓶，熟練地描著線，繼續說：

「哎呀～～不過，真的是幫了我大忙啊。少年做的飯總是那麼好吃，根本是上天賜予的恩惠呢。」

「哈哈，妳太誇張了啦。」

「不不不，我是說真的……啊～～討厭～～少年～～你真的不來我這裡上班嗎？專門負責做飯就好。」

「別逼我了啦，我下個月開始就是大學生了耶。」

士道說完，二亞以浮誇的動作畫完線後，用筆尖指向士道說：「你說到重點了。」

「你要上大學我沒意見，但少年你有什麼將來想做的事或想成為什麼樣的人嗎？」

「咦？」

突然被這麼一問，士道一雙眼睛瞪得老大。

二亞瞇起眼鏡下的眼睛，接著說：

「自然而然地上了四年大學，自然而然地就職工作，自然而然地出人頭地……這樣的人生或許也很幸福啦，但如果沒有明確的目標，或是人生的目標與工作不符，工作就只是為了糊口飯吃而已。既然如此，來我這邊工作也好啊。」

「這個嘛……」

「為了節稅，我有成立工作室，可以讓你當正職人員。我付你普通行情的一倍，不，三倍薪水也行。當然有獎金跟加薪——雖然感覺我招攬你，你拒絕我是平常的過程，但你冷靜考慮一下。薪水高、離家近，還能發揮長才，更有個美女上司。我覺得我這裡是個條件十分優渥的工作場所喵～～」

「…………」

聽完二亞這番話，士道沉默不語。

因為他認為二亞說的也不無道理。

同時再次自覺到自己的年齡。十八歲。雖然士道決定繼續升學讀大學，但也有不少人在這個年紀就開始工作。十八歲是男性可以結婚，能考駕照，也有選舉權的年齡。雖然還未成年，但可說是達到踏入社會，面對成人的境界。

士道過去是高中生，加上二亞開玩笑的語氣，因此沒有認真看待這件事。不過，等到他大學畢業，恐怕很難找到比二亞的工作室條件更好的公司吧。

……不，重點不在這裡。打動士道的，是二亞前幾句的發言。

——你有什麼將來想做的事或想成為什麼樣的人嗎？

這是士道一直在內心深處自問卻始終找不出答案的問題。

「……唔嗯。」

當士道動腦思考時，二亞撫摸著下巴嘆息，彷彿從士道的反應推察出他腦中的遲疑。

她的表情冷靜中帶點尷尬，可以看出似乎在表達：「好像說得太一針見血了喵……？」

「我……」

士道半呆愣地發出聲音。想做什麼事、想成為什麼人。未來的目標與年幼時期隱約描繪的夢想有所不同。賭上這輩子也想完成的事情是——

就在那一瞬間，紙扇落在二亞的腦袋。

「好痛～～！」

「——二亞，妳的手沒在動喔。要說自以為是的話之前，先給我俐落地工作。距離死線只剩六小時了。」

監督進度的瑪莉亞露出銳利的視線說道。隨後，瑪莉亞也望向士道。

「士道，你可別受騙了。想也知道，她現在說你只要負責做飯，之後肯定會慢慢把各式各樣的雜務推給你做。報酬的確不錯，但上班時間不固定，假日上班、加班是天經地義。還有，我是當作沒聽到啦，美女上司說的究竟是誰啊？」

「咦～～有什麼關係嘛～～」

二亞一臉不滿地嘟起嘴。不過，大概是害怕瑪莉亞的紙扇，手倒是很流暢地在滑動。

「總之，要招攬員工請等趕稿地獄結束後再招攬——啊，還有艾蓮，妳要哭到什麼時候？快點動手工作。草稿線擦完後，就去掃描原稿。」

瑪莉亞快速地下達指示，再次望向士道。

「士道你辛苦了，真的對我們幫助很大。報酬改天再算可以嗎？」

「好，沒問題……」

士道雖然點頭答應瑪莉亞，但再次望向工作場所後搔了搔臉頰。

「……不過，我來都來了，就幫忙到底吧。塗黑的話，我還幫得上忙——」

「……！真的嗎，少年！」

士道說完，二亞猛然抬起頭，用閃閃發光的眼神望向他。

——於是，過了整整六個小時。

「畫完～～～～～～～～～～————啦啊啊啊啊啊啊啊啊啊啊啊啊——————！」

工作場所響起二亞的吶喊聲，同時四周傳來稀稀落落的掌聲。

「哎呀～～……本來還以為這次真的完蛋了，幸好趕出來了～～……真的很感謝你們……」

二亞一邊說一邊撕下額頭上的退熱貼，拿下髮帶。大概是長時間壓住的緣故，瀏海像剛睡醒時的亂髮一樣，翹來翹去。

「總之，先向大家說聲辛苦了。不過，不能因為這次順利趕出來了，就預計下次也能做到。作家很容易錯估自己隨時能將力量發揮到極限。」

監督進度的瑪莉亞拿下眼鏡和臂章，吐了一口氣。二亞裝模作樣地跪拜在地，說道：「遵命～～！」……士道隱約覺得不久的將來又會發生同樣的情形。

想必瑪莉亞也是同樣的想法吧，只見她無奈地聳了聳肩。不過，大概是判斷二亞剛脫稿，正在興頭上，跟她說那些話也沒用，便不再多說，各自收拾起東西。

「那麼，我們還有其他工作，就先告辭了。」

瑪莉亞說完，二亞吃驚得瞪大雙眼。

「咦！妳們要去當誰的助手？還有別人的進度比我這次還慘嗎！」

「我不知道妳是真傻還是假傻，我又不是專職助手。是〈拉塔托斯克〉的工作。」

監督進度的瑪莉亞瞇起眼睛吐槽。「哎呀，對喔。」二亞閉起一隻眼，吐了舌頭，做出有點老派的反應。

「那我們先走了。」

「四具介面體，限制二十九小時，報酬共兩百三十二萬圓。」

「請在月底前將錢匯入我的戶頭。」

「咦！這麼多嗎！」

二亞雙眼圓睜，屈指計算。然後大概是明白沒算錯，她臉頰僵硬，露出乾笑……看來真的是在截稿前一時衝動決定時薪的。

「……這、這也沒辦法。雖然原稿費倒貼都還虧錢，但的確沒讓連載開天窗……」

二亞說服自己似的說完，瑪莉亞們便行禮告辭離去。

緊接著，這次換艾蓮露出一副幽魂般的神情，搖搖晃晃地站起來。

「床……我的床在哪裡……」

然後嘀嘀咕咕，離開工作場所，走向休息室後立刻「砰」一聲倒下，呼呼大睡……看來早在很久之前身體就已到達極限。

「唉～～……我看這一時半刻是起不來了。」

二亞搔了搔頭，把毛毯蓋在俯臥在地的艾蓮身上，回到工作場所。

「機器子離開，小艾艾倒地啊……嗯……」

接著像在思考什麼事情似的撩起瀏海低吟後，望向士道。

「——欸，少年，你等一下有空嗎？」

「咦？嗯，有空是有空啦，妳還有什麼事嗎？」

「嗯～～？沒有啦，好不容易完成工作，想說稍微慶祝一下。」

說完，二亞微微聳了聳肩。原來如此，要是連士道都回去，她就得一個人喝酒了吧。

「哈哈……那我陪妳吧。不過，說要慶祝，食材大致上都用完了。妳家的冰箱只有酒，得再出去買才行。」

「啊～～嗯，也對……」

二亞又思考似的將手抵在下巴，然後像是想到什麼好主意，將視線移回士道身上。

「少年，不好意思，你可以先到公寓大門口等我嗎？我馬上過去。」

「咦？是可以啦，但為何不一起下去？」

「討厭啦！你想偷看大姊姊換衣服嗎？少年你真色！」

說完，二亞摟著自己的肩膀扭動身軀。

「啊～～……」

對喔，二亞現在一身沾了明顯墨漬的運動服裝扮，由於太過適合，看起來很自然，但要穿這樣出門確實需要一點勇氣。

「了解。那我先出去。」

「嗯～～等我一下喔～～」

二亞朝士道揮了揮手。士道輕輕舉起手回應後，穿起鞋子，離開二亞的房間，直接搭電梯來到一樓，走出公寓。

然後不知道等了多久。

「……嗯？」

某處傳來低沉的驅動聲，士道自然而然抬起頭。

他馬上便知道了那是什麼東西發出來的聲音。因為一輛大紅色敞篷車從公寓的地下停車場開出來，停在士道面前。

帶點弧度的銳利車身、引人注目的左方向盤、顯然不是普通轎車的引擎聲。那威風的英姿，連對車不甚了解的士道也能瞬間理解是高級車。

不過，令士道更吃驚的並非上述任何一個要素。

而是那輛車的駕駛座上坐的人是自己熟悉的面孔。

「嗨～～少年，讓你久等了～～」

「二、二亞！」

沒錯。單手握著方向盤，動作誇張地送出飛吻的正是剛才穿著鬆垮運動服的本条二亞本人。

如今她身穿休閒卻優雅的晚禮服，戴著一副大墨鏡遮掩住她的雙眸。搖身一變，與剛才士道所見的漫畫家簡直判若兩人。

「二、二亞，妳怎麼穿成這樣……話說，這輛車是……」

士道詢問後，二亞露出陰冷的笑容。

「你知道這件事嗎，少年？」

「咦？」

「出版社如果有漫畫家大紅大紫，他們就會巧言令色地慫恿漫畫家大手筆買房買車。」

「是喔，為什麼？」

「這樣漫畫家就不能偷懶，必須不斷畫下去才能繳下一年的稅。」

「這、這樣啊……」

感覺不是很想聽到這種業界內幕。士道臉頰抽搐，露出苦笑。

「不過，這種時候倒是很好用。上車吧，少年。難得有這個機會，夜晚來去兜風一下，犒賞自己吧。」

二亞以撩人的動作向士道招手。士道儘管有些困惑，還是順應氣氛坐上副駕駛座。

「好，那我們出發吧，少年。」

二亞一臉滿足地點了點頭後邪魅一笑，面向前方。又不是換了個人，二亞的側臉看起來卻十分帥氣。

然而……

「呃～～……？離合器要怎麼踩啊？我最近都只開自排車……」

魔法未免解除得太快。二亞搔了搔頭，探頭看自己的手邊和腳下……坐在副駕駛座的士道實在是萬分不安。

所幸沒多久二亞似乎想起了開車方式。她清了喉嚨，重新打起精神，再次面向前方。

「好，這次真的要出發了。安全帶繫好了嗎？」

「嗯，當然。」

「話說，少年，我告訴你一件好事吧。」

「什麼好事？」

「晚上戴墨鏡，實在是看不清楚路呢。」

「馬上給我拿下來！」

士道不禁大喊，拿下二亞的墨鏡。顯然不習慣開車，還戴墨鏡，這種行為無非是自殺。

「啊啊！我裝名流的重點！」

「什麼鬼重點！安全第一！」

士道說完，二亞便死心似的聳了聳肩。

「好啦好啦……那你還我一下。」

她從士道手中搶回墨鏡後，直接折起鏡腳，掛在禮服的前襟。那散發成熟氣息的動作令士道不禁心動了一下。

「……喔！少年你剛才心動了對吧？心動了對吧？」

二亞臉上浮現平易近人的笑容如此說道。感覺一瞬間又恢復成平常的二亞，士道無奈地嘆了一口氣。

「……如果沒說這句話。」

「喵哈哈，那真是抱歉了。那我從現在開始挽回。走嘍～～」

二亞如此說道，「喀！喀喀！」地大動作換檔後踩下油門。響起宏亮排氣音的同時，輪胎「嘰嘰」地發出悲鳴，車輛飛快地向前進。

「唔喔……！二亞，別、別開太快……！」

「我知道、我知道！」

二亞用簡直把士道的話當成耳邊風的語氣如此說道，操縱方向盤。說是實際駕駛，她誇張的動作更像是在遊樂場之類的地方學的開車技術。

不久，汽車穿過住宅區，來到大馬路。不過二亞沒有要停車，也不像在尋找店家的樣子。士道一臉納悶地皺起眉頭。

「我說二亞，妳要開到哪裡去？買東西的話，開到附近的超市就夠了……」

「嗯～～？誰說要去買東西了？」

「咦？」

士道發出錯愕的聲音，二亞便驅車奔馳過大馬路，上交流道進入高速公路。

「喂、喂，二亞？」

「呀哈～～！Goodbye！法定速度！」

二亞樂開懷地大喊後，將油門踩得更用力。引擎歡喜似的發出嘶鳴，微微晃動了汽車後半部，瞬間加速。

「喵～～哈哈哈哈哈！怎麼樣啊，少年！很舒服吧！」

「什麼……！妳別鬧了……！」

汽車在夜晚的高速公路上呼嘯而過的模樣宛如一顆紅色子彈。狂風吹進敞篷車身，將二亞與士道的頭髮吹得亂七八糟。等距排列的街燈化為光線，朝士道的視野左右兩側飛逝而去。

「所以……」

過了約三十分鐘。

士道抱著頭對坐在對面的二亞說道：

「為什麼事情會變成這樣……？」

他一邊說一邊移動視線，再次望向四周。

士道與二亞目前位於某法國餐廳一角。

而且不是普通的餐廳。燈光昏暗的寬敞樓層，玻璃牆面能將星空般的夜景一覽無遺。不干擾用餐、輕微響起的背景音樂，仔細一瞧，竟然是現場演奏。

簡單來說，這是一間像士道這樣的高中生無緣光顧的高級餐廳。

「嗯～～？我想說難得跟少年過兩人世界，乾脆慶祝得奢侈一點。」

「這哪只有一點啊！剛才點的套餐，價錢都比我一個月的餐費還貴了耶……！」

「喔喔，別擔心錢。我、請、客♡當然，今天的酬勞會另外付，放心吧。」

「我不是這個意思啦……！」

周圍零星的顧客態度也都十分從容，一身正式裝扮。士道俯看自己的衣服，臉頰流下一道汗水。

「……我穿得超隨便的，沒關係嗎？」

「沒關係、沒關係。雖然有服裝規定，但只要不是穿拖鞋或短褲就不會被禁止進入。」

只有自己奸巧地換成禮服的二亞哈哈大笑說道……士道雖然無法釋懷，但若是穿之前那件鬆垮的運動服，恐怕會遭拒絕入內。

當士道思考著這種事情的時候，一名臉上掛著柔和笑容的服務生來到士道他們這一桌。

「——您的Krug Clos du Mesnil。」

服務生如此說道，將酒杯置於桌上，倒入起泡的白金色液體。士道完全不知道剛才二亞在點餐時究竟點了些什麼，看來似乎是一種香檳。

「您的薑汁汽水。」

緊接著，服務生將酒杯擺到士道面前。這杯倒是事先就已經倒好液體了。

「那麼，少年，乾杯吧。」

二亞舉起酒杯。

「好……乾杯。」

士道拿起薑汁汽水回應後，輕輕觸碰對方的杯緣。

二亞莞爾一笑，將酒杯就口，喝了一口在間接照明下閃閃發光的液體後，吐了口氣。

「——嗯，真好喝。香氣也很濃郁，無可挑剔。」

「…………」

二亞意外優雅的舉動，令士道一時之間看她看得出神。

該怎麼說呢？感覺很奇妙。腦海裡難以將平常無所事事的廢柴與眼前的淑女連結在一起——

還有，剛才驅車狂奔的二亞也是。

二亞當然有不為人知的一面。再次體認到這一點後，士道沉默不語。

於是，二亞見狀，揚起嘴角。

「怎麼了，少年？被大姊姊的魅力迷得神魂顛倒嗎？」

「才、才沒有咧……」

士道輕輕咳了一下敷衍過去。

「嘿嘿嘿！」二亞以一如往常的態度笑了笑。

「哎，該怎麼說呢？少年你現在可能處於尷尬的時期沒錯啦，但長大成人也滿開心的喲。心煩意亂時可以藉酒澆愁，開心快樂時可以喝酒慶祝。」

「怎麼都是酒啊……」

二亞說完，士道不禁苦笑。

片刻過後，士道的眉毛抽動了一下──他心想，二亞該不會是因為自己表現出為將來的出路煩惱的模樣，才特意帶他來這種地方給他建議吧？

肯定是記得士道在受到她招攬時無言以對的事吧。當時雖然因為瑪莉亞的一擊而不了了之，但二亞的眼睛捕捉到了士道的猶豫。

當然，她這樣未免太無厘頭。但脫離常軌的思考方式顯示出二亞笨拙的一面，很有她的風格，令士道再次苦笑。

「……二亞，我問妳喔。」

數秒後。

士道輕輕抬起頭說道。

「嗯？什麼事，少年？」

「呃，也沒什麼啦……就是想問妳，是從什麼時候開始想當漫畫家的？」

「什麼時候夢想當漫畫家……嗎？嗯～～是幾歲來著？我從小就愛看漫畫，算是自然而然吧～～我記得第一次在筆記本上用鉛筆畫下類似漫畫的圖，應該是讀小學的時候，感覺當時就已經決定將來想當漫畫家了。然後，第一次得獎，好像是在高一。」

「還、還真早耶……」

士道露出吃驚的表情說道。沒想到竟然在比現在的自己小兩歲時就已經正式出道。

大概是看慣她平常不正經的模樣，士道總是容易忘記本条蒼二，也就是本条二亞其實是業界無人不知無人不曉的名人。

「二亞妳真厲害呢……」

「嗯～～……？」

二亞凝視著士道的表情，像是察覺到什麼似的溫柔地瞇起眼睛，手拄著臉頰。

「怎麼，少年——你決定好將來的目標了嗎？還是覺得稍微透露一點內心早已決定的事情也無所謂？」

「——！」

士道聞言，心臟一震。他抬起原本微低的臉，凝視二亞的雙眼。

「哎呀，被我說中了？」

「……妳為什麼會這麼想？」

「嗯～～你問我為什麼喔～～直覺啦，直覺。你說話的語氣，聽起來更像是『那麼早就達成目標真厲害』，而不是『從小就決定目標真厲害』。而且，該怎麼說呢——」

二亞有些難為情地笑著繼續說：

「感覺你有夢想，但不好意思說。可是想藉由告訴別人，暗自對說出口的話負責。說得好聽一點，就是有下定決心或做好覺悟的意思吧？畢竟我是過來人嘛。」

「——」

二亞低垂視線，輕輕嘆息。士道再次感受到心跳加速——宛如有一雙無形的手在背後推他一把。

二亞說完這句話後，沉默了一陣子。

只是對他投以溫柔的目光，像在守望著他。

恐怕是在等待士道下定決心吧。

士道深深呼吸了一口氣，回望二亞的眼睛。

「……我還不確定以後會不會改變心意。」

「嗯。」

「我打算大學畢業後，進入〈亞斯格特〉電子公司。說得更正確一點，是進入〈拉塔托斯克〉——我想目前在這個世界能研究精靈的，就只有那裡了。」

「是喔——」

士道下定決心如此說道，二亞既沒有笑也沒有吃驚，只是平靜地如此回答。

彷彿早已從士道說的話洞察出他的所有意圖。

「你是為了——『再次遇見精靈』？」

二亞眼睛直勾勾地凝視著士道，如此詢問。

精靈是隱匿的存在，而且已經消失於這個世界。士道說想研究精靈，難免令人猜想他的目的何在。

當然，這個想法很危險。理由就如同前幾天遭到琴里制止那樣。最壞的情況，有可能讓好不容易拼湊而成的扭曲拼圖碎片再次支離破碎。

所以難以輕易地承認。不過，對坦率面對自己的二亞說出違心之論——這種事，士道實在做不出來。

「…………………沒錯。」

士道猶豫片刻後，如此回答。

「這樣啊。」

於是，二亞簡短地回應。

「有什麼關係呢，我想這才最符合你的個性。不過我個人倒是心情低落啊，快到手的優秀煮飯助手就這麼飛了。」

「哈哈……」

士道苦笑後，二亞莞爾一笑，輕輕搖晃酒杯。

「哎，我想你也到了得思考自己和未來等各方面的時期，但嫌麻煩和樂在其中是一體兩面。——盡情煩惱吧，少年。環境越嚴峻，結出的果實就越甜美。」

「二亞——」

士道聞言，吐了一口長氣。

「…………妳真的，很帥氣呢。」

「咦？什麼？再說一次，我沒聽到。」

二亞探出身子說道。顯然早就聽見了。士道再次苦笑，回答：「才不要。」

「咦～～少年你這個小氣鬼～～」

二亞一臉不滿地嘟起嘴脣，將酒杯中剩的香檳一飲而盡。

「呼～～真好喝！總之，少年，等你兩年後滿二十歲，一起喝酒吧。你第一次喝酒一定要跟我喝喔！我請你喝最棒的酒～～」

「哈哈……第一次喝就喝那麼好的酒，這樣很浪費耶。」

「你在說什麼啊？第一次喝酒很重要好嗎？要是喝到劣酒讓你討厭喝酒，你以後就不會再陪我晚酌了。少廢話，這點小事就交給大姊姊我處理就好。」

二亞用空酒杯指著士道，堅決地說了。士道死心般微微舉起雙手。

「知道了、知道了，交給妳處理就是了。」

「好耶！我先預約少年的初體驗嘍！可別被社團的女生搶走嘍～～！」

「妳這說話方式……」

士道無奈地笑了笑——就在這時，他發現了一件事。

「……我說二亞，我們今天是開車來這裡的吧……？」

「嗯？是啊，開我的愛車緋紅鳳凰來的。」

「嗯嗯。」二亞點頭回應士道的問題……雖然士道也很在意那個名字，但有件事比它更重大。士道拍了桌面，高聲說道：

「那妳怎麼在喝酒啊！喝得太自然，我都沒發現！回去時誰來開車？」

士道吶喊後，「啊！」二亞瞪大雙眼，笑著蒙混過去。

「……要留下來過夜嗎？」

「誰要啊！」

明明數十秒前還很帥氣，馬上就破功了。士道嘆了一大口氣，決定請〈拉塔托斯克〉派司機過來。

◇

——夜晚。

「——，——，——」

本条二亞猶如被黑暗擁抱般倒臥大地，斷斷續續地反覆急促的呼吸。

映入眼簾的是漆黑的暗夜，與打在暗夜中央的一道月光。

不——說得更正確一點——

在那道月光照射下的「野獸」的影子也進入了二亞的眼角餘光。

「這下……慘了呢……」

二亞從喉嚨擠出沙啞的聲音，與此同時，腹部與胸部一陣疼痛，劇烈咳嗽。濕潤的聲響。從喉嚨深處湧起一股灼熱感與嘔吐感，口腔邊緣溢出某種液體。

即使在伸手不見五指的暗夜中也能輕易知曉那是血。

模糊的視野、麻痺的四肢。意識靠著痛楚勉為其難地維持住，但就連痛楚也漸漸變得薄弱。

——啊啊，原來死是這種感覺啊。可惡，如果早點知道，十九集的那個場面就能描述得更加深刻了——

朦朧的思緒中不斷浮現窮極無聊的想法。不過，二亞覺得在臨終之際思考的卻是這種事，實在非常符合自己的風格，不禁笑了出來。

「——啊，啊——」

——「野獸」。

剛才給予二亞致命一擊的狂獸發出輕微的低吼聲，走近二亞。

不可思議地，二亞並不覺得恐懼，甚至一點也不憤怒。若要說有什麼情緒，只有後悔與疑問——還有，無盡的憐憫。

「……住手吧。到我為止就好……別再傷害別人了。」

留下這句話後，二亞便失去了意識。

第三章 時崎狂三

——就如同持續感受強烈的味道，遲早會習慣一樣。

——就如同持續感受劇烈的疼痛，遲早會麻痺一樣。

人心也會因為環境而越變越硬。

無論是強烈的絕望、極度的悲傷、滿腔的憤怒，不久後都會漸漸平息。

說得好聽一點是應適；說得難聽一點則是磨耗。那肯定是人類為了生存下去的本能吧。太過強烈的感情會椎心蝕骨，反而會妨礙生存。

沒多久，人便會遺忘心酸的過去、悲傷的記憶和充滿痛苦的過程。

內心滿盈的絕望，不知不覺失去實際的樣貌，化為單純的資訊，留下紀錄，被新發生的事情所覆蓋。時間是最佳的良藥，會溫柔地撫平傷口——

不過，啊啊，不過——

對遺忘那些絕望、傷悲、憤怒等所有負面情緒感到痛苦的人該如何是好？

答案非常簡單——只能不斷刻劃新的絕望。

為了必須達成的使命，賭上性命、人生、自己擁有的一切，持續燃燒負面情感。

長久以來，我都是如此度過的。

唯獨這麼做，我才能堅守自己的道路。

不過，如今心情平穩下來，我突然冒出一個想法。

不斷在心爐燃燒常人難以忍受之絕望的精靈，失去精靈之力後所形成的——

——究竟能否稱為人類？

◇

三月到了下旬，冬寒也偃旗息鼓，逐漸充滿春天的氣息。

大地萌生筆頭草，樹木含苞待放，而風中開始混入花粉，路上行人的裝扮也比數週前來得清涼許多。不過，在這個時節也能看見三三兩兩開始戴起眼鏡和口罩，裝備比冬天多的人就是了。

「嗯～～……」

士道伸了個大懶腰，全身沐浴在暖洋洋的陽光下。

士道目前位於距離五河家徒步約十分鐘的街道上，剛好在住宅區與郊外交界處的恬靜地區。

越前進，住戶的數量越稀少，反倒是樹木花草逐漸增加，正適合散步。

話雖如此，士道不是因為春陽和煦或為了彌補平日運動不足才外出走動的。

理由很單純。士道是來拜訪住在這一帶的人物。

「嗯……是這裡吧。」

士道輕聲呢喃後，在一戶人家的家門前停下腳步。

那是一棟獨棟的老舊洋房，四周圍著高聳的圍牆，氣派的鐵門和牆面爬滿了常春藤。說得好聽是莊嚴；說得難聽一點則是在溫暖的春日中，唯一讓人感覺到如鬼屋陰森的外觀。

門旁掛著寫了「ＴＯＫＩＳＡＫＩ」的金屬製門牌。照理說，這門牌算是比較新的物品，但不知是居民的興趣還是這一年來風吹雨淋的關係，上頭點綴著細痕與鏽斑，看起來十分融入這棟房子的氣氛。

——沒錯，時崎狂三。昔日曾被喚作「最邪惡精靈」的她，正是這棟住宅的主人。

一年前的戰役結束後，要決定狂三的居住地時，〈拉塔托斯克〉準備了五河家隔壁的公寓一室，打算讓她入住，但她表示拒絕，住進了這棟洋房，看來似乎是她從以前就擁有的其中一個據點。〈拉塔托斯克〉方面原本是希望她入住組織管理下的物件，但還是尊重精靈的意願，雙方沒有起太大的爭執，就這樣決定了住處——不過，若是她現在依然殘存著精靈之力，可能會引起更嚴重的糾紛吧。

總之，從一年前起，狂三便獨自在這棟房子生活。

由於學籍還存在，五河家也在徒步範圍內，她偶爾會來跟大家一起吃晚餐。不過，這端看狂三的心情而定，來的頻率比其他人低。

因此士道有時候會像這樣把做太多的菜餚分送給她，順便查看一下她的情況。

另外，今天的伴手禮是士道特製的馬鈴薯燉肉和涼拌芝麻菠菜。反正狂三廚藝也很好，倒是不用擔心她會像二亞那樣挨餓。

「好了。」

士道如此自言自語，按下設置在圍牆上的門鈴。

◇

「…………」

時崎狂三在自家的書齋一語不發地埋頭閱讀。

房間的大小好像有十坪左右，但受到滿牆的書架與堆積在書架前的書籍和文件壓迫，感覺十分狹窄。安裝在房間東側的窗前也聳立著一座書山，導致大白天的，電燈卻釋放出明亮的光芒，將紙面照得亮白。

狂三轉動眼球閱讀文字，將重點寫在筆記本上。同時在腦中想像，浮現許多式子與詞句。

——這個狀態不知維持了多久，擱在手邊的手機傳來輕微的鬧鈴聲，令狂三肩膀微微一震。

循聲望去，發現手機螢幕上顯示行事曆通知。看來預定的時間快要到了。

「……哎呀、哎呀，已經這麼晚了呀。」

狂三輕聲呢喃，伸展原本要緊貼桌面般前傾的背脊，堅硬的肩頸有些疼痛。

集中力中斷的同時，至今漠視的疲勞與空腹感便冒了出來。狂三吐了一口氣，敲敲肩膀，從椅子上站起來。

「——好了，差不多該來準備了。」

若是平常，狂三會再賴一陣子，但今天她打算外出。她自言自語著走向書齋的出入口。

通往門口的途中書本隨便亂堆，宛如迷宮或戶外的運動設施，但對經常出入的狂三而言，早已習慣。她步伐輕盈地來到走廊。

就在這時，狂三突然停下腳步。

理由很單純。因為她看見映在走廊玻璃窗上的自己。

她是個一身黑色裝束，身材纖細的少女。烏黑亮麗的頭髮、如白瓷般的面容，坐鎮於臉龐中央「左右顏色相同的雙眸」目不轉睛地盯著這裡。

「…………」

看見這些特徵，狂三走近玻璃窗。

就這麼伸出手，用指尖撫摸窗上相當於自己左眼的部分。

「本以為習慣了，還是覺得有點奇怪。

——真是不可思議。過去有一段時期，我甚至認為那是自己受詛咒的象徵。」

狂三感慨萬千地吐了一口氣，低垂目光後，撇過頭重新打起精神，繼續往預定的方向前進。

經過走廊，走上樓，來到寢室。然後直接走進相鄰的衣帽間，從一排衣服當中挑一件適當的服裝。

「唔……哎，穿這件就行了吧。」

狂三熟練地換上哥德蘿莉風的洋裝後，在全身鏡前轉了一圈。裝飾著荷葉邊的裙子隨風飛揚，描繪出美麗的軌跡。

就在這時——

「——哎呀。」

狂三眉毛微微抽動了一下。因為她在旋轉的瞬間，眼角餘光看見某樣東西。

位於房間一角的置物架，上面放著一罐送禮用的四角餅乾罐。

話雖如此，當然裡頭裝的並非餅乾或糕點之類的東西。淑女狂三才不會在寢室吃餅乾吃得到處都是。

「呵呵，真是懷念呢，『我們』。」

狂三莞爾一笑地呢喃，打開餅乾罐的蓋子。

──裡面裝的是四種形狀各異的眼罩。

一種是醫療用白色眼罩；一種是滲血的繃帶；一種是點綴著荷葉邊的愛心護眼貼；一種是仿照刀鐔形狀的眼罩。

而這些眼罩的下方分別可以看見薔薇髮飾、十字架首飾、蕾絲緞帶、附有鈴鐺的編繩。

沒錯。那是昔日狂三還擁有精靈之力時，她的分身們佩戴過的物品。

一年前，精靈之力從這個世上消失的瞬間，利用天使〈刻刻帝〉的能力重現的狂三分身也跟著消逝無蹤。

這些眼罩和飾品，就好比她們的遺物。

當然，以靈力構成的衣服──靈裝，也已隨著她們一起消失。看來特定的個體光靠靈裝的形態變化還不滿足，甚至購買喜歡的飾品佩戴。

今天外出的場所也並非與她們無關。狂三將手伸進罐子裡，捏起醫療用眼罩。

「……『我們』也一起去吧？」

然後她輕聲呢喃，戲謔地將眼罩戴在左眼上。

她抬起頭望向全身鏡後，有種重現過去自己的分身當場甦醒的錯覺。

「哎呀、哎呀，還真是一個模子刻出來的呢。」

狂三覺得十分有趣，嘻嘻嗤笑。

「其他眼罩——實在是沒辦法再戴上去了。」

遮住雙眼就什麼都看不見了。狂三將繃帶纏繞在手上，愛心護眼貼和刀鐔風眼罩則是綁在衣服上。

「原來如此……這個戴在這裡，另外……」

做著做著，覺得越來越有意思。狂三將剩下的髮飾和飾品戴在身上，順便撐起立在衣櫃深處的荷葉邊陽傘，在全身鏡前擺起姿勢。

「嗯——」

——看起來真不錯。

狂三拚命抑制自己因心滿意足而差點上揚的嘴角，接二連三地變換姿勢。

雙手拎起裙襬，彬彬有禮地點頭行禮；收起陽傘，像拄著拐杖般立在眼前，有如紳士威風凜凜的姿勢；露出迷人後頸，展現回眸美人的姿勢——以各式各樣的角度在全身鏡中映出自己的身影，甚至用手機拍下滿意的姿勢。

「…………」

然而，不知道過了多久。

狂三看見自己拍攝的照片，突然冷靜下來。

感覺就像另一個自己從半空中俯瞰自己。內心深處縈繞著剛才尚未產生的其他情緒。

——眼罩。醫療用。畢竟以前保有靈力時，左眼產生了變化，戴醫療用眼罩並非毫無意義。

但現在又沒受傷，自己為何要戴眼罩呢？

其他飾品類也是同樣的道理。又沒受傷，為何要纏繃帶？又不是虔誠的基督教徒，為何要戴十字架？又為何要戴骷髏戒指？為何要在室內撐陽傘也是個不解之謎，至於刀鐔更是莫名其妙。

簡單來說，就是突然對自己的裝扮感到羞恥。

「…………脫掉吧。」

狂三與鏡中的自己四目相對了一會兒後，呢喃了一句。

為何數分鐘前會如此情緒高漲，連她自己也不知道。是因為眼罩和飾品蘊藏著分身們的意念嗎？

總之，幸虧這裡是自己家。要是被人看見她這副模樣，她肯定得調查如何神不知鬼不覺地處理屍體。

就在狂三鬆了一口氣，正要收起陽傘時——

「——喂～～狂三，妳不在家嗎？」

響起開門聲的同時，後方傳來這樣的聲音，她立刻轉頭望向後方。

「…………！」

「————！」

瞬間，與開門的士道四目相交。

然後頓了一拍——

「——呀啊啊啊啊啊啊啊啊啊啊啊啊啊啊啊啊啊啊啊啊啊啊啊啊啊啊啊啊啊啊——！」

「嗚哇啊啊啊啊啊啊啊啊啊啊啊啊啊啊啊啊啊啊啊啊啊啊啊啊啊啊啊啊啊啊啊——！」

兩道尖叫聲在時崎家一陣回響。

◇

「…………」

「…………」

時崎家的客廳充斥著尷尬不已的沉默，時鐘「滴答滴答」的聲響聽起來格外響亮。

不過，這也難怪。士道想起剛才發生的悲劇，輕聲嘆了一口氣。

……當然，士道也不是故意的。按了門鈴沒人回應，加上玄關的門沒鎖，他擔心狂三發生什麼事情才進入屋內查看。

而且也沒有要大叫的意思。與其說是看見狂三的裝扮，倒不如說是被她的慘叫聲嚇到，結果也跟著尖叫。

……不過，狂三似乎不這麼認為。

「…………」

狂三現在一語不發地坐在士道的對面。眼罩和飾品已經收回餅乾罐，衣服也一併換了下來，但她從剛才就避免與士道對上視線。看來她實在不想讓別人看見那副模樣。

「……呃，我……」

士道受不了沉默的氣氛，伸手拿起放在桌上的茶杯，喝了一口狂三剛才為他泡的紅茶。

「嗯……真、真好喝呢。茶葉優質，沖泡的手法也是一流的。」

士道「呼～～」地吐出一口氣，說出感想。要說沒有想討狂三歡心的意思就太假了，但那的的確確也是出自真心的感想。

於是，狂三終於瞥了士道一眼。

「……那就好。話說，士道，你有聽說過這樣的事情嗎？」

「嗯？什麼事？」

「士的寧這種劇毒因為有強烈的苦味，基本上會加進茶或咖啡來毒殺別人。」

「噗……！」

聽見狂三說的話，士道不禁猛咳。不過，狂三極其冷靜的樣子眯起眼睛。

「士道，你這是怎麼了？咳得這麼厲害。我只是閒聊而已。」

「這、這樣啊……」

士道聲音沙啞地回答後，狂三接著說：「哎，不過——」

「如果失去精靈的力量，手無縛雞之力的我遇見必須殺掉某個多嘴的人滅口的狀況，我想我一定會用毒殺這種方式吧。」

「………」

面對看似委婉又直接的威脅，士道臉頰抽搐了一下。

「我不會告訴別人啦……」

「……你是指什麼事？我聽不懂你在說什麼。」

士道說完，狂三撇過頭……看來比起保密，狂三似乎更希望把剛才的事當作沒發生過。不過就算士道配合，也無法完全消除狂三的不信任感吧。士道發出低吟，動腦思考。

不久，想到了一個方法。

「……唔。」

可以的話，士道個人其實並不想採取這種手段……但也沒辦法了。士道毅然決然地抬起頭。

「我說狂三，我想讓妳看樣東西。」

「……什麼東西？」

狂三沒好氣地說道。士道打開手機的照片檔案夾，選取某張照片，將螢幕朝向狂三。

「——！這是……」

狂三見狀，瞪大雙眼。

不過，這也是理所當然的事。畢竟螢幕上顯示的是——國中生時期的士道。照片上的他像剛才的狂三一樣，戴著眼罩、纏著繃帶。

「……呃，現在說起來還滿丟臉的，但有一段時期我覺得這樣打扮很酷。還好只是在家裡打扮就滿足了……不要告訴別人喔。」

士道紅著臉頰說道，狂三震驚了一會兒才笑逐顏開。

「——好的、好的，我知道了。正所謂誰沒有過去呢。」

狂三如此說著，剛才怒氣沖沖的模樣已經澈底消失。看來是因為共享彼此羞恥的祕密而萌生莫名的連帶感吧——不過，換個說法的話，搞不好狂三是因為手上握有士道不堪回首的過去作為把柄而感到安心。

總之，終於能化解尷尬的氣氛了。士道吐了一口安心的氣息，並且望向擺在桌上的餅乾罐。

「那是……分身的東西嗎？」

然後戰戰兢兢地問道。因為剛才狂三戴的醫療用眼罩，跟五年前的——不對，是距今六年前——狂三所戴的眼罩十分相似。

「是的──」

狂三恢復冷靜，打開罐子後，拿起罐內的眼罩和飾品給士道看。

「是分身中特別麻煩的四人，她們留下的遺物──雖然她們總是吵得要命，但消失後還真是令人感到寂寞呢。」

狂三突然露出遙想過去的神色，吐了一口長氣。從她的表情可以感受到她懷念往日的情緒與失去可貴朋友的哀愁。

不過，這也無可奈何。狂三的分身是利用天使的能力所製造出來的擬似生命，如今精靈之力消失，自然也不可能維持她們的形態。

「…………」

就在這時，士道眉毛抽動了一下。長期藏於腦海一隅的微小疑問如今又冒出頭來。

「欸，狂三，有件事我一直很好奇，可以問妳嗎？」

「呵呵呵，放心吧，我現在沒有交往的男子。」

士道詢問後，狂三開玩笑地閉起一隻眼睛回答。士道搔了搔臉頰苦笑。

「我、我不是要問妳這個啦……」

「哎呀，那你究竟要問什麼？」

「喔喔──」

士道輕輕清了喉嚨，重新打起精神後接著說：

「一年前的那場戰役——澪從妳的體內冒了出來對吧。而妳藉由將自己的記憶與靈魂結晶託付給用【八之彈】產生的分身，存活了下來。」

「是的——是有這件事沒錯。」

聽了士道說的話，狂三垂下目光，啜飲一口紅茶後如此回答。

沒錯。現在位於這裡的狂三，嚴格來說並非與一年前的狂三是相同的存在。

而是為了回避被澪殺死的命運，將自己的一切移到其他身體上所產生的新狂三。

換句話說，現在狂三的身體，理應是與那些因靈力消失而跟著煙消雲散的其他分身是同樣的構造才對。

「為什麼精靈之力消失後，妳還能繼續存在呢？其他分身都消失了。」

「哎呀、哎呀，你是希望我消失嗎？」

狂三探頭看向士道的臉說道。士道一臉困窘地搖頭否定：

「我、我哪有這麼說啊。我很開心妳平安無事，只是——」

「——你想知道我跟十香到底有哪裡不一樣，是嗎？」

「————！」

士道聽了狂三說的話，不禁屏息。

他問這個問題時並沒有浮現這種想法，但是聽到狂三回答的瞬間，他才自覺到那肯定就是自己想追尋的答案。

狂三見狀，一臉興味盎然又有些悲傷的模樣，輕輕聳了聳肩。

「回答你是無妨，但理由簡單得可能會令你失望。」

她舉起右手做出手槍的形狀，用食指抵住自己的太陽穴。

「因為現在的我，用的並非分身的身體。」

「……這是怎麼回事？」

「事情很單純。我將記憶與靈魂結晶轉移到分身後，利用【四之彈(Dalet)】再生我那被澪棄置的原本的身體，重新將記憶和靈魂結晶轉移了回去。」

「什麼——」

士道瞪大雙眼。沒想到狂三竟然在那場戰役背後做了這些事情。

「妳為什麼要這樣做？莫非是預料到精靈之力會消失？」

「不，我沒有想得那麼長遠。雖然我好不容易存活下來，但分身的身體既不安定，壽命也很短。頂得了一時，頂不了一世——不過，假如我原本的身體被破壞得粉碎，不留一點餘燼，就沒戲唱了。」

「原、原來如此……」

士道臉頰流下汗水，點頭表示同意……又是轉移記憶，又是修復身體，感覺不像是血肉之軀的生物，反而更像在說瑪莉亞那種機器人。不過，如果真如狂三所說，士道就能理解了。

簡單來說，因為狂三擁有人類的身體，才能在澪的靈魂結晶消滅的瞬間生存下來。如果狂三繼續使用以靈力構成的分身身體，或許也會像十香那樣煙消雲散。

當士道思考著這種事情時，狂三眯起雙眼，舔了一下嘴脣。

「不～～過～～——發生了一件困擾的事。」

「困擾的事？」

士道詢問後，狂三點頭回答：「是的。」並且從沙發上站起來，坐到士道身旁。

然後以煽情的動作依偎著士道。士道肩膀微微震了一下。

「狂、狂三？」

「呵呵呵……我的確是經由分身的身體才在那場戰役中存活下來。不過，將記憶轉移到分身的身體時，我的意識與那個分身原本存在的意識混合在一起。」

「咦……？」

士道瞪大雙眼。

然而，他並非無法理解這句話是什麼意思。雖說是暫時存放記憶，分身本身也具備她自己的意識。換句話說，若是轉移過程有什麼閃失，就會變成跟折紙類似的狀態吧。

而意識一旦混合，就難以輕易分離。即便是再次將記憶從分身的身體轉移到狂三原本的身體也一樣。而假如分身的意識因為與原本的狂三混合，在澪死後依然存在——

「也就是說……現在的妳，就像是原本的狂三與其分身的融合體嘍……？」

「是的，可以這麼說。當然，本來就都是我，所以並沒有什麼太大差別——」

狂三邪魅一笑，用指尖撫摸士道的臉頰。

「——只是，有比我更年輕、積極且好奇心旺盛的個體融合進我的體內。」

「什、什、什麼……」

狂三在士道耳邊呢喃，聽得士道滿臉通紅，連忙從沙發上站起來，向後退了幾步拉開距離。

「哎呀哎呀，士道，你這是怎麼了？」

「我、我說妳啊……」

這時，士道不小心將放在桌上的餅乾罐打翻在地。由於地上鋪了厚地毯，沒發出太大的聲響，但裝在罐子裡的眼罩散落一地。

「喔喔……抱歉……」

士道撿起眼罩，將眼罩收進罐中時，突然想起了一件事，不由自主地脫口而出。

「……該不會妳剛才之所以會戴上眼罩，也是受了那個年輕個體的影響……？」

「…………！」

士道說完這句話的瞬間，狂三從容不迫的笑容從臉上褪去，露出目瞪口呆的表情。

然後額頭立刻冒出冷汗，抱住了頭。

「不會吧……不對，確實有這個可能……要不然我怎麼可能會一時之間犯下那種錯誤……」

狂三臉色鐵青地站起來後，開始用額頭撞柱子。

「滾出！我的！身體！惡靈退散！惡靈退散！」

「狂、狂三，妳冷靜一點！那不是惡靈，是過去的妳吧！」

「所以我才討厭呀～～～～！」

士道從後方架住狂三的雙手阻止她後，狂三便胡亂擺動雙腳，發出哀號般的聲音。

不過，狂三雖然喘著大氣，還是立刻恢復了冷靜。這一點很有她的風格。

「……不好意思，失態了。我已經沒事了。」

「喔、喔……」

士道放開手，狂三便踏著踉蹌的腳步回到座位，一口氣喝光茶杯裡剩下的紅茶。茶裡明明沒有酒精，看起來卻像是借酒澆愁的模樣。

「妳、妳還好嗎，狂三……」

「……我沒事。讓你看見我的醜態了。雖說意識混合，但畢竟是分身，我會抑制她們的意識——況且，如果當時不那麼做，我就無法存活。只能當成是聖痕，接受這個事實了。」

「…………」

總覺得她的一字一句都受到年輕狂三的影響，但本人似乎沒察覺的樣子，因此士道決定閉口不語。

就在這個時候，掛在客廳牆邊的掛鐘發出「噹～～噹～～……」的低沉聲響。狂三眉毛抽動了一下，望向掛鐘。

「──哎呀，已經這麼晚了呀。沒想到聊了這麼久。」

「啊啊，抱歉。我本來沒打算留這麼久的……」

「呵呵呵，也許是跟你在一起，感覺時光流逝得特別快。」

「哈哈……」

狂三閉起一隻眼，開玩笑地說道。士道露出一副似笑非笑的苦笑。

「話說，妳是有什麼事情要辦嗎？」

「是的。只是，沒有決定非得今天去做不可──」

狂三如此說完，像是想起了什麼事情，微微點頭。

「如果你有空，要不要一起去？」

「可以啊……不過，妳要做什麼？」

士道詢問後，狂三突然露出一抹複雜的笑容，接著說：

「——我打算去問候一下老友。」

◇

——咆哮；怒吼。「野獸」在狂嘷。

好似哀號、啜泣、慟哭。

劈天、破空、碎地，八方早已無敵。

屠盡萬物、噬盡眾生。

卻無法平息渴望、滿足心靈。

「野獸」嗚嚕、嗚嚕地吼叫。

這世上已無物能滿足「野獸」。

連「野獸」自己也已經想不起為何咆哮。

但牠只能咆哮，也不得不怒吼。

因為除此之外，「野獸」無事可做——

「啊……啊……——」

然而，就在那一瞬間。

「野獸」的耳朵聽見動靜。

那是聲音。呼喚聲。有什麼東西正在叫喚著「野獸」。

說是聲響，太過虛幻；說是震動，又太過微弱。

不過，對早已把目的與意義拋向九霄雲外不復記憶的「野獸」而言，那是牠唯一的路標。

「啊，啊，啊啊啊啊啊啊啊啊——」

「野獸」發出格外響亮的咆哮後——

以爪子撕裂虛空。

◇

從天宮市搭乘電車，轉乘公車，約一個小時。

士道與狂三來到某郊外的墓地。

這座公墓占地寬廣，修整得無微不至。一望無際的廣場上，井然有序地排著低矮的墓碑。

「——往這邊走。」

狂三輕聲說道，在墓與墓之間縱橫交錯的通道上行走。她肯定造訪過此地無數次了吧。她的腳步看不出任何迷惘。

她的裝扮雖然和剛才一樣是黑白洋裝，但依據場地不同，看起來像是喪服。不過，她撐的黑色陽傘與手上抱著的花束，或許也是構成這種形象的要素。

沒錯。狂三預定出門掃墓。

掃的是她二十幾年前死去的摯友——山打紗和的墓。

似乎也是基於這個理由才刻意找出分身們的遺物。所謂的分身，是重現狂三過去姿態的形體。換句話說，她們也和紗和有過深刻的回憶。

所以狂三才想帶著她們一起來掃墓吧。狂三揹在肩上的小包包裡裝著四種眼罩。

「…………」

士道跟在狂三身後，於墓園中前進，並且輕輕搔了搔頭——他心想：自己跟來替狂三如此重視的摯友掃墓是否合適？

接著，狂三似乎是察覺到士道的心思，轉頭望了後方一眼。

「別太在意，紗和也喜歡熱鬧一點。總是只有我一個人來，她搞不好都看膩了。」

說完，狂三嘻嘻嗤笑。當然，這肯定是為了緩和現場氣氛而開的玩笑，但士道也不好隨便同意，只能苦笑。

走了一會兒，狂三停下腳步。放眼望去，眼前的墓碑刻著「SAWA　YAMAUCHI」這幾個字。

「這裡就是——」

「沒錯，是紗和的墓——不過，墓碑底下沒有埋葬她的遺體就是了。」

狂三有些落寞地瞇起雙眼說道。

——據說山打紗和是狂三成為精靈前的知心好友。

不過，被初始精靈埋入靈魂結晶的她化為失控的怪物——被狂三親手送上了黃泉路。

因此沒有留下遺體，正確來說，是當成「下落不明」來處理，而非「死亡」。由於是原因不明的失蹤，當時「神隱」的話題還造成一陣騷動。

「……聽說紗和的父母還繼續在搜索，但是人都失蹤了十年，才造了這座墳墓，好讓心裡劃下一個句點——他們萬萬沒想到手刃自己女兒的女人會每年來這裡獻花掃墓吧。」

狂三自嘲地如此說道，並且將手上的花供奉到墓前。

狂三放下陽傘，從小包包裡拿出四個眼罩，隨便往手腕一繞，祈禱般十指交握，低垂雙眼。

「…………」

士道也跟著十指交扣，獻上默禱。感覺輕撫草木的沙沙風聲稍微變大了。

「——呵呵。」

不知默禱了多久，士道聽見狂三細小的聲音，睜開雙眼。

「我想紗和一定很開心——因為我帶了男生過來，她搞不好嚇了一跳。」

「哈哈，可能喔。」

「不解釋我們之間的關係，她可是不會放我們走的喔。呵呵呵，如果是這樣，你究竟會如何回答呢？」

狂三興致勃勃地將眼睛彎成微笑的形狀說道。面對突如其來的問題，士道微微游移了一下視線，回答：

「那、那當然是……朋友吧。不對，應該說是同伴？」

士道回答後，狂三高高地聳起肩，「唉～～」地嘆了一口氣。

「不行，這樣回答不及格。在紗和的特別審問下，肯定會打破沙鍋問到底。」

「咦！她是那種人嗎？」

「當然。一旦咬住就絕不鬆口，還曾經被稱為雷魚紗和或甲魚紗和呢。」

「不、不該給女生取這種外號吧……」

士道流下汗水說道，狂三一副樂開懷的樣子掩嘴笑道：

「如果紗和在場，她肯定會搖晃你的肩膀說：『為什麼會相信啊～～！』」

「果然是騙人的喔！」

聽見士道吶喊，狂三笑得更開心了。

看見狂三無憂無慮的表情，士道不禁瞇起雙眼。

「……妳們很要好呢。」
「……是啊，非常要好。」
狂三如此說道，抬頭仰望天空。
「看起來很乖巧，其實非常堅強──明明才高中卻十分穩重，真的──跟我是天差地別。」
「是嗎？妳看起來也很老成啊……」
「呵呵呵，當時的我跟現在的我所經歷過的大風大浪，級別可差多了。」
「也、也是啦……」
士道苦笑後，狂三像是想起什麼似的接著說：「話說──」
「我記得你不是也見過紗和？你忘記了嗎？」
「咦？」
被狂三這麼一說，士道歪頭表示疑惑。
紗和過世是距今二十多年前的事了。士道今年十八歲，若是說看過照片還說得過去，以常識來思考的話，根本不可能見過本人。
難不成是士道曾經身為「崇宮真士」時見過……？不對，士道也保有身為真士時期的記憶，卻對名為山打紗和的少女沒有印象。究竟是在哪裡見過──
當士道歪頭思考時，狂三面帶微笑繼續說：

「在澪的靈魂結晶消失之前，十香所創造的世界中，不是有個女孩經常跟我一起上學嗎？就是她。」

「……！喔喔……！」

聽狂三這麼一說，士道拍了手。當時好像確實有個女生跟狂三在一起。看來她就是紗和。

「這樣啊，她就是紗和……抱歉，我之前都沒發現。」

「呵呵呵，沒辦法，畢竟是一年前的事了。況且那就像是——一場幻夢。」

「狂三……」

士道心痛不已地呼喚狂三的名字後，狂三垂下視線回答：「不過——」

「因為有過那一個月的時光，才造就了現在的我。當然，十香——不，是天香，應該壓根兒就沒有把我放在心上。但對我而言，那真的是任何東西都無可取代的時光——」

就在這時——

士道不禁屏住呼吸。

因為他看見懷念往事般呢喃的狂三眼睛流下一行淚水。

「——」

狂三。時崎狂三。她總是從容不迫，將士道玩弄於股掌之間，曾是個深不可測的精靈。

看見她露出柔弱少女的表情，士道感覺心都揪了起來。

「……啊啊，啊啊，真是不好意思。我有點太過感傷了。」

狂三如此說道，露出苦笑後，用手背擦拭眼淚。

這時，眼淚漸漸滲進纏繞於手腕上的眼罩——宛如分身們在擦拭狂三的眼淚。

「總之，我也很感謝十香和天香——希望有一天一定要回報這份恩情。」

「…………」

聽見狂三說的話，士道抿起嘴脣。

因為自己也十分感同身受。

如夢似幻的一個月，這短暫的時光。

不過，士道得以在天香最後準備的那個世界，與十香度過最後的時光，留下了許多美好的回憶——聽見她臨終的遺言。

若是沒有那段時光，士道的人生肯定會和現在有些不同吧。

「……！」

不過，體認到這件事的同時，另一種痛楚深深刺痛士道的心。

那是悔恨、自責。越是了解狂三對紗和的感情與她自知犯下的罪過，束縛士道心靈的枷鎖就越是沉重。

——時崎狂三，〈夢魘〉（Nightmare）。所謂的最邪惡精靈。

她之所以會有這個稱號，理由十分簡單。因為受害人數遠超過其他精靈。

不過，那無非是為了累積〈刻刻帝〉的力量，利用【十二之彈(Yud Bet)】來達成讓一切重新來過的目的而不得不開拓的道路。

為了讓一切回到過去，「抹消」初始精靈曾誕生過的事實。

為了否定紗和的死，償還自己的罪孽。

充滿正義感的善良少女一心以此為目標，不惜讓雙手沾滿鮮血，歷經腥風血雨。

不過，這樣的人生已經完全落幕。

——因為精靈之力的消失。

一切終結後，留在這世上的只有罪孽深重的人類少女。

「……抱歉，狂三。我——」

「……哎呀、哎呀。」

士道從喉嚨擠出這句話後，狂三便露出困惑的笑容。

「怎麼突然說出這麼奇怪的話呢。你根本沒做任何需要向我道歉的事呀。還是說，你背著我暗地裡幹了什麼好事？」

狂三如此說道，開玩笑似的聳了聳肩……當然，她只是打馬虎眼，不可能真的沒察覺士道的心思。士道緊握拳頭，接著說：

「我……沒有遵守諾言。」

沒錯。士道與狂三賭上彼此的靈力決一勝負時，士道曾對狂三說——

——自己會利用【十二之彈】，讓一切重新來過。

他會一再修改歷史，創造出她心中的那個理想世界。

狂三聽完，不禁笑了出來——決定將靈力託付給士道。

當然，狂三對士道說的話並非照單全收。

不過她還是稍微信任了士道，將夢想託付給他。

然而，士道無法回應她的信任。

即使經過了一年，那份懊悔依然沉重地壓在士道的心頭。

不過，狂三低垂著雙眼，搖了搖頭。

「你做得很好。面對初始精靈如此強大的存在，你創造了難得一見的奇蹟，才保住大家的性命。若是稍有閃失，如今我們都不在了，怎麼還敢奢求更好的結果。你大可抬頭挺胸。」

「可是——」

說到這裡，士道止住了話語。

因為正當他打算繼續說下去時，狂三豎起食指抵住他的嘴脣，制止他發言。

「再說下去就太不識相嘍，士道——而且，你好像誤解了一件事。」

「誤解……？」

士道一臉困惑地皺起眉頭說道，狂三便將嘴脣彎成新月的形狀。

「——嘻嘻嘻，嘻嘻。」

「——！」

——那副表情令士道心頭一震。

因為那張笑臉並非狂三近來浮現的溫和笑容——而是被人稱為最邪惡精靈時的陰森笑容。

「『你真的認為時崎狂三我，放棄了一切嗎？認為我澈底變成一個思念故友、後悔殺人、一心乞求上天原諒的軟弱人類嗎』？」

「什麼……」

狂三探頭看向士道的臉龐，瞇起雙眼說道。面對狂三驟變的態度，士道不由得感到畏懼。

不過，狂三滿不在乎，宛如歌唱、吟詠般接著說：

「我如果會在這種地方屈服，一開始就不會選擇這條路了。我並未放棄、捨棄任何一項事物。紗和的死、我的罪孽，我全都要一筆一筆清算乾淨。」

「妳究竟……要怎麼清算？妳已經失去精靈之力了耶……！」

士道說完，狂三加深了笑意。

「是的、是的，你說的沒錯。不過，你所謂的失去是指什麼意思？完全消滅？煙消雲散？真的有可能這樣嗎？」

狂三裝腔作勢地聳了聳肩，張開雙手繼續說：

「請回想一下。說起來，精靈是何物？精靈既不是某天突然從宇宙飛來的外星人，也不是無中生有的生命體。是魔法師艾薩克．威斯考特利用精靈術式，收集充滿世界的魔法能量而創造出來的魔導生命。

——既然如此，精靈的消滅究竟代表什麼意思？」

「…………！」

士道輕聲屏息。

因為狂三說的這番話就好比水滲透進肺腑般，一點就通。

粉碎建築物就會產生瓦礫；撕破書本就會產生紙屑。即使支離破碎到失去原型，那也不過是失去了「建築物」或「書本」這類的形狀，並不代表構成它們的存在已消失無蹤。

——精靈也是同樣的道理吧。

「失去外形的精靈會化為魔法能量，回歸世界——」

士道以顫抖的聲音回答後，狂三便大幅度地點了點頭。

「聰明——彷彿老早就想到了一樣。」

「…………」

狂三調侃般笑道。士道微微撇開視線。

「總之，世界依然充滿魔法能量。既然如此，再次集結也並非不可能吧？——不，現在不同於當時，還有顯現裝置可用。或許能以遠超過三十一年前艾薩克・威斯考特的精密度，製造出理想的靈魂結晶。這方法——才能實現你所說的荒唐無稽的夢想。」

「——！這種事……」

士道眉頭深鎖，從喉嚨擠出低吟般的聲音。

士道的確能理解這樣的想法，但這簡直是紙上談兵。況且，這世上唯一成功施展過精靈術式的，只有艾薩克・威斯考特一人。精靈術式的根基理論，連艾薩克過去的同志伍德曼和嘉蓮都不知道。

換句話說，威斯考特死後便不可能再重現精靈術式。等於這項技術失傳了。

當然，既然威斯考特曾成功製造出精靈，那麼或許有人遲早能到達那個境界。只是，並非魔法師的狂三根本無從知道方法——

「——啊——」

思考到這裡，士道張口結舌。

因為他想起了——一年前在天香創造的世界中曾發生過的事。

沒錯。當時告訴士道等人那個世界是虛假的，不是別人，正是狂三。

擁有書之天使〈囁告篇帙〉的狂三最先在那個世界中發現真相。也就是說，她早就知道精靈之力會隨著那個世界的崩壞而消失。

那麼，狂三會做什麼？

假如自己是狂三，會在那個世界做什麼？

發現世界真相後到告訴士道等人的這段期間。

「手持無所不知的天使的少女究竟會調查什麼」——？

「——呵呵呵。」

當士道半發怔地瞪大眼睛時，狂三興致勃勃地笑了笑——不是露出最邪惡精靈的面容，而是面帶可愛少女的微笑。

「你的反應真的很有意思呢——你這麼吃驚，就不枉我開這個玩笑了呢。」

「…………啥？」

士道聽了狂三說的話，目瞪口呆。

「開、開玩笑……？剛剛妳說的話是在開玩笑嗎？」

「是的、是的。你該不會當真了吧？」

「……不是，狂三，我說妳啊……」

「不過是夢想破滅，下半輩子只能獻給贖罪的可憐女子開的無聊玩笑罷了。原諒我開點小玩笑也無妨吧？」

說完，狂三嘻嘻嗤笑——她那雙眸蘊含的光芒，說是夢想破滅，感覺未免太過閃耀了些。

「…………」

士道流下汗水，搔了搔臉頰。

不知是故弄玄虛、警戒〈拉塔托斯克〉的監視，還是真的全是玩笑話——雖然不知狂三真正的意圖，但士道隱約感受得到此刻不該再深究下去。

所以——士道如此回答：

「……是嗎？哎，如果妳不嫌棄，我奉陪到底。『如果妳又想開玩笑，隨時叫我過來』。」

「呵呵呵，也好。那我就恭敬不如從命嘍——『到時候，也務必讓我聽聽你的玩笑話』。」

士道與狂三對看了一會兒後，不約而同地莞爾一笑。

「——差不多該走了。」

「是的，該走了。」

兩人互相微微點頭，再次朝紗和的墓行過一禮，邁步離開。

狂三橫越墓園廣大的占地，開口說道：

「士道，今天謝謝你陪我到這麼遠的地方來。」

「不會，我正好也想跟妳聊聊天，還聽到了非常刺激的玩笑話。」

「哎呀、哎呀。」

狂三捂嘴笑了笑。

「那當然是開玩笑，不過那個願望本身並非虛假。若是士道你也有想完成的事情，最好說出口喔。若是不好意思被人聽見——只向星星許願，心情也會大不相同喔。」

「向星星許願嗎……？」

士道自然而然地抬頭仰望天空。雖已太陽西下，天空依然湛藍，似乎還要過一陣子才能看見星星。

「尤其推薦你將願望寫在短籤上。」

「哎呀，我還以為是向流星許願，原來妳是指七夕啊。」

「是的。因為——寫在短籤上的願望真的會實現。」

「——咦？」

士道聽了狂三說的話，不禁歪過頭。

不過，狂三沒有再說下去，只是面帶微笑走在墓園的路上。

◇

士道離開墓園，與狂三道別後，獨自於寧靜的郊外慢步前行。

原本高掛空中的太陽已開始沉沒於建築物後，將四周的風景染得一片金黃。這時間，該不多得回家準備晚餐了吧。

「…………」

不過──儘管自覺到這一點，士道的步調依然沒有加快。

理由很單純。因為與狂三分開，沒有說話的對象後，士道的腦海開始思緒紛飛。

他也不是現在才開始思考的，起碼這一個月來，他一直不斷在思考。自己想做什麼？自己能做什麼？

但是這幾天與折紙、二亞和狂三聊過後──一直埋藏在心底的感情、思緒，逐漸浮現出更清晰的影像。

士道認為如今的安穩得來不易，這是真心話。他完全沒有想要否定這個大家同心協力爭取而來的世界。

不過，像這樣一個人獨處時，平常壓抑在心底的感情便會顯現出來。

會不由得心想如果發生什麼開心好玩的事，十香會如何為自己感到喜悅。

若是碰到傷心難過的事，會希望十香來安慰自己。

不管做什麼事──腦海裡都會閃過十香的笑臉。

士道本來就沒有那麼精明。就算自以為隱藏得很好，搞不好早就被所有人看穿。

不──或許大家也只是單純和士道擁有相同的想法罷了。

啊啊，沒錯。士道已經無法再欺騙自己了。

自己果然──

「──想再見到十香……」

士道仰望天空，脫口呢喃。

性急的第一顆星在受到夕陽侵占的天空中微微閃爍。士道並不是看準了時機刻意為之，但感覺卻變成像狂三說的那樣，向星星許了願。士道輕輕笑了笑。

就在那一瞬間──

──嗚嗚嗚嗚嗚嗚嗚嗚嗚嗚嗚嗚嗚嗚嗚嗚嗚嗚嗚嗚嗚嗚嗚嗚嗚嗚嗚嗚嗚嗚──

不祥的警報聲響徹天宮市的天空。

「什麼——？」

聽見突如其來的警報聲，比起驚愕或戰慄，士道最先表現出啞然的神情。

這是預測空間震即將發生所響起的——簡單來說，就是通知精靈出現的警報聲。至少過去這一年來，士道沒有聽過這道聲響。

不過，這也是理所當然的事。因為這世界已經不存在會引起空間震的精靈了。

但這是只有見證一年前那場戰役結局的人才知道的事實。附近的居民聽見睽違以久的空間震警報後，雖然表示驚訝，還是快速前往避難所避難，許多人跑過呆立原地的士道身邊。

不過，士道文風不動，動彈不得。

出乎意料的事態令他頭腦一片混亂——到底發生了什麼事？

「是ＤＥＭ幹的好事嗎……？」

士道眉心聚起皺紋，低吟般呢喃。

沒錯。最有可能的就是ＤＥＭ。空間震警報的確是預測空間震所發出的警報，但過去DEM Industry曾幾次利用它來驅趕人群。

然而，據說失去威斯考特的ＤＥＭ正處於內部分裂狀態，不太可能會毫無意義地引發風波，讓對抗勢力抓住把柄。何況如今精靈已不存在，不知道ＤＥＭ是基於何種目的發出警報。

既然如此——

「難不成，出現了新的精靈——？」

士道不禁屏息。

當然，士道明白不可能發生這種事。初始精靈澪消失，從她身上衍生出來的靈魂結晶也跟著煙消雲散。產生精靈的術式失傳，根本沒有餘地再創造出新的精靈。

然而……

可是……

士道思緒翻湧。

——假如，有個與威斯考特旗鼓相當的天才魔法師重現了精靈術式？

——假如，還有其他產生精靈的原因是士道等人不知道的？

——假如，消融於世界的魔法能量基於某種理由再次聚集在一起——

「…………！」

士道對自己的想法倒抽一口氣。

假如這些事情真的發生，如今正要顯現出來的是——

就在這時，口袋裡的手機震動，打斷士道的思緒。

「！琴里——」

士道確認來電顯示後立刻輕觸通話鍵，將手機抵在耳朵。立刻傳來耳熟的聲音。

『——士道！你沒事吧！』

「我沒事。不過，這個警報究竟是怎麼回事？」

『還不知道詳細情形。可是——〈佛拉克西納斯〉的偵測器從剛才就一直偵測到強力的靈波反應。』

「……！是精靈嗎……！」

士道從喉嚨擠出聲音說道，再次萌生剛才掠過腦海的可能性。

『我就說還不知道了！總之，你待在原地很危險，我派〈佛拉克西納斯〉過去接你——』

「等一下！」

士道吶喊打斷琴里——吶喊聲之大不只嚇到了琴里，連士道自己也吃了一驚。他輕輕咳了一下後繼續說：

「也有可能是……精靈吧。那麼，就非我出馬不可了吧？」

『什麼——』

士道說完，手機傳來琴里屏息的聲音。

『你在說什麼啊！你現在又沒有精靈之力！沒有〈灼爛殲鬼(Camael)〉的保護，也沒有〈破軍歌姬(Gabriel)〉的歌曲！狀況跟一年前完全不同好嗎！』

「這——」

士道聞言，胡亂搔了搔頭髮。琴里說的全都沒錯。士道繼續待在這裡，也只會成為絆腳石。

「……抱歉。太久沒遇到這種情況，我好像過於急躁了。把我接走吧。」

『好。離發生空間震大約還有十分鐘。馬上──』

然而，就在琴里這麼說的時候──

「咦──？」

士道瞪大雙眼，凝視天空。

因為由紅逐漸轉黑的黃昏天空突然產生了「傷痕」。

「那是──」

「傷痕」。找不到其他形容的方式。

那裡出現數道宛如用巨大利爪撕裂天空的裂傷。

然後，下一瞬間──

「…………！」

天空以那道「傷痕」為起點迸裂開來──強烈的衝擊波侵襲四周。

其威力宛如空間震。位於衝擊中心的住宅、道路和樹木全部消失無蹤，周圍的光景就像是被一把隱形的槌子橫掃過似的。

當然，無力的人類怎麼可能在如此暴虐的宴席中維持姿勢。士道像破布一樣，輕而易舉就被吹飛，狠狠撞上遠在後方的牆壁，一陣猛咳。

「咳……！咳……！」

全身疼痛不已，大概斷了兩三根肋骨吧。

不過，士道還算走運了。要是站的位置再差個幾十公尺，或是爆炸的中心並非空中，恐怕士道的身體早已剩下細碎的肉片，消失無蹤。

不過，實在是令人難以理解。根據琴里所說，空間震應該十分鐘後才會發生。〈佛拉克西納斯〉的ＡＩ不致於會產生如此大的誤差。

這種不自然的感覺，就像是故意用針刺破快要破掉的氣球。士道困惑地皺起眉頭。

「唔……」

——感覺有哪裡不對勁。不過，即使想確認，也無法與琴里取得連繫，因為手機在人被吹飛時弄丟了。士道強忍著劇痛，靠著牆面勉強站起來。

於是——

「————咦？」

就在這時，士道啞然無言。

因為士道眼前出現一道先前並不存在的人影。

失去色素的長髮。由於頭低垂著，無法窺見她的表情，但從髮絲間隱約露出肌膚，也如同幽魂一般蒼白。

她穿著支離破碎的襤褸外套，滿是裂痕的靈裝。飄浮在她四周大大小小的劍群看起來像是武裝她的城牆，也像囚禁她的牢籠。

不過，最具特徵的是她的手。

威嚇士道般朝向他的手上沿著五根手指飄浮著巨大的爪子，讓身材纖細的她看起來宛如一隻野獸。

一眼便能理解她是非比尋常的存在。

——精靈。這個詞彙掠過士道的腦海。

士道甚至忘記逼近眼前的生命危險，半呆愣地開口：

「——妳是……」

「————啊————」

於是，少女微微抬起頭——發出細小沙啞的聲音回答：

「……名字嗎……那種東西，我忘了——」

第四章　冰芽川四糸乃

有句話是這麼說的：人的性格並非與生俱來，而是後天環境所造成的。

我第一次聽見這句話時，感覺有點開心。

因為如果這句話說得沒錯，就可說是多虧士道等人才造就了現在的我。

大家教了我許多事情，和我一起創造了許多回憶。

讓我明白城鎮、學校、社會的事。

人際關係的重要性。

以及——愛人這件事。

想必是這些累積下來的歲月造成了我。一想到這裡，我便十分自豪。雖然我還是個不成熟的半吊子，但我想成為不讓大家蒙羞的人。

——即使澪的靈魂結晶消失，我依然存在於這世上。琴里說，這是因為我有人類的身體。

但是，我卻沒有身為人類時的記憶。

我並非對此表示不滿。

只是，偶爾會好奇。

——我究竟是誰？

如果我想起了自己是誰——

還能維持現在的我嗎？

◇

——大約在距今一個月前，四糸乃被叫來飄浮於天宮市上空的空中艦艇〈佛拉克西納斯〉。

自從精靈之力消失，不再發生空間震後，四糸乃就鮮少有機會來這裡，但是以艦橋為中心的各項設施和居住空間的位置依然深深刻劃在她的記憶中。她熟門熟路地走在通往指定地點作戰指揮室的路上。

「不過……琴里為什麼突然叫我過來呢？」

途中，四糸乃嘟囔了一句。

並非有人走在她旁邊，但說是自言自語也不太貼切。

因為戴在四糸乃左手的兔子手偶「四糸奈」以逗趣的動作，開口回應她：

「就是說呀～～到底是什麼事呢～～啊……！該不會是愛的告白……！對琴里來說，空中艦艇的作戰指揮室就等於體育館後方……！」

說完，「四糸奈」熱情地扭動身軀。四糸乃微微苦笑。

「啊哈哈……我想應該不是。」

說著說著便抵達目的地作戰指揮室。四糸乃在入口完成簡單的認證後，進入室內。

就在這時，四糸乃瞪大了雙眼。

理由很單純，因為室內已有人先到了。

「啊——七罪，還有耶俱矢跟夕弦。」

沒錯。作戰指揮室已存在三名少女的身影。

順帶一提，七罪坐在桌前玩著智慧型手機，但八舞耶俱矢和八舞夕弦姊妹倆卻不知為何依靠在牆邊做出空氣椅子的姿勢，雙腳不停顫抖。

「呼……呵呵，夕弦，妳的腿……差不多覺得痠了吧？老、老老實實認輸……如何？」

「無妨。夕弦還輕鬆得很。倒是耶俱矢妳快撐不下去了吧？不要硬撐。」

兩人唆使彼此放棄。看來是在比誰坐空氣椅子坐得久。

這對一個模子刻出來的孿生姊妹平常只能靠髮型和體型的不同區分，如今滿頭大汗、咬緊牙關的耶俱矢與同樣雙腿發抖卻面不改色的夕弦，產生了顯而易見的差異。

「啊，四糸乃也被琴里叫來了嗎……？」

七罪一看到四糸乃的身影，便放下手機擺到桌上，面向四糸乃。四糸乃點頭回應：

「對。所以，七罪妳也是嗎？」

「……嗯。老實說，我起初還以為是要通知我〈拉塔托斯克〉不再提供援助，或是要勸我搬離公寓，既然四糸乃也在，應該就不是了……」

說完，七罪鬆了一口氣。四糸乃看七罪的心態依然消極，便無力地露出苦笑。

大概是聽見七罪的言論，耶俱矢一臉不滿地嘟起嘴脣。

「喂，七、七罪，汝是何意？說得好像若是只有吾等在場，便有那種可能性似的……！」

於是，位於正面的夕弦輕聲笑著回應：

「同意。耶俱矢平常就收到不少噪音的投訴，確實有可能被勸告搬離公寓。」

「什、什麼～～！要這麼說的話，夕弦妳還不是一樣要搬出去！話說，哪有人投訴了啊！」

「介紹。『耶俱矢的打呼聲吵得我睡不著。請想想辦法。Y．Y。』」

「這明顯是來自同一個房間的投訴吧！而且姓名的羅馬拼音縮寫，根本沒有要隱藏身分的意思吧！」

「……妳們又～～在搞什麼啊？」

當八舞姊妹正在拌嘴時，突然傳來一道無奈的聲音。

循聲望去，發現原來是穿著軍服的琴里不知不覺間出現在那裡，腋下夾著大型信封，瞇著眼晴吐槽。

「琴里。」

「嗯，四糸乃，不好意思麻煩妳特地過來一趟。先坐下吧。」

「啊，好的。」

四糸乃坦率地點點頭後，坐到七罪隔壁的位子。七罪臉頰泛紅，肩膀抖了一下，原本想稍微拉開距離，後來打消念頭，深深地呼吸了一口氣。

「好了，妳們也坐下吧。」

琴里一邊說一邊用手戳了戳耶俱矢與夕弦的腳。

「嗚啊……！」

「投降。唔……」

兩人似乎早已要到達極限，同時癱倒在地。

「呵、呵……我以零點一秒之差獲勝……了吧。」

「否定。耶俱矢的腿比較短，所以屁股先著地。」

「我們腿的長度一樣好嗎！」

「好了，快點坐下啦。」

琴里嘆息，無奈地聳了聳肩。耶俱矢和夕弦舉起手表示了解——正打算站起來時，雙腿卻不

聽使喚，最後以匍匐前進的姿態爬到桌邊坐下。

確認四人都入座後，琴里將手上的信封放到桌上。

「——那麼，今天召集妳們來到這裡，無非是為了告訴在場的妳們一件事。」

「有事要告訴我們嗎……？」

「咦～～是什麼事～～？啊！難道四糸奈其實並不是兔子的事情被發現了嗎……？」

「……不要突然坦白令人超級好奇的事，打斷我的話題啦。」

「四糸奈」的玩笑話引來琴里的一記白眼。四糸乃戳了戳「四糸奈」的臉頰斥責她。

「回到剛才的話題。就某種意義而言，這是個非常重大的案件。不過——第六感敏銳的人看到聚集在現場的成員，大概能隱約察覺到我要說的是什麼事情吧。」

琴里放眼望向坐在桌前的大家說道。

不過，四糸乃猜不出琴里想說的是什麼事，歪過頭表示疑惑。八舞姊妹也做出類似的表情。

其中只有七罪表情複雜，移開視線。

「……我們都沒有以前的記憶……嗎？」

「啊——」

七罪說完，四糸乃瞪大雙眼。

聽她這麼一說，確實是如此。在澪的靈魂結晶消失後仍然存活下來，就代表現場的所有人都不像十香那樣是個純粹的精靈。

不過，她們既不像琴里、折紙、美九、六喰那樣記得曾獲得澪賜予的靈魂結晶；也不像二亞和狂三那樣利用天使的能力，喚醒當初的記憶。

「答得好。」

琴里大幅度地點頭。

「──然後，經過〈拉塔托斯克〉調查的結果，得到了妳們身為人類時的情報。」

說完，琴里從拿來的信封中拿出三個小一號的信封。

耶俱矢和夕弦見狀，眼睛瞪得圓滾滾的。

「咦……！真的假的？」

「驚愕。夕弦等人身為人類時的情報……嗎？」

「對──不過，說得更正確一點，我老早就打聽到這些情報了。因為這些情報並非全是令人愉快的資訊，對於是否要公開讓妳們知道，引發了一點爭議。」

琴里甩了甩三枚信封，接著說：

「不過，鑑於妳們的生活情況和精神的穩定性後，終於在上次的會議中獲得公開許可。換句話說，等於承認了妳們已經有辦法獨立生活。這件事本身應該值得高興吧？」

「……難道不是因為精靈之力消失，就算精神狀態混亂也不會導致靈力逆流嗎？」

七罪說完，琴里聳了聳肩並且苦笑。

「哎，不能否定這也是主要因素之一啦……」

「總之——」琴里將信封一個一個放到四糸乃等人面前。

「選擇權在妳們。一個是要不要收下這信封；然後收下後要不要打開。而就算打開後，也沒必要將所有情報從頭看到尾。

我剛才也說過了，這裡頭裝的並非全是令人愉快的情報，反而有些事或許不知道比較好。

選擇視而不見也需要勇氣，這並不是選哪邊才正確的問題。如果無法立刻決定，改天再找我商量也無所謂——全部交給妳們自己決定。」

說完，琴里垂下視線，彷彿在表示不管四糸乃等人採取何種行動都不會怪罪她們。

「…………」

四糸乃一語不發地嚥了一口口水。

眼前的信封裡裝著自己的真實身分。一想到這裡，就感覺心臟跳得越來越快。

就在這時，「砰！」的一聲拍打桌面的聲音響徹整個作戰室。

循聲望去，發現耶俱矢和夕弦的手放到擺在兩人眼前的信封上。

「呵呵——有意思。只要看了這信封的內容，就能確定我耶俱矢才是姊姊了吧！」

「微笑。今後耶俱矢就必須叫夕弦姊姊了。」

「等一下！怎麼想，姊姊都是我吧！」

「說明。耶俱矢可能不知道，一般來說，比較大的才是姊姊。」

「喂，妳是指哪裡大啊！」

耶俱矢與夕弦又開始拌起嘴來。總覺得兩人如此快速地下定決心，應該是因為不想讓對方先拿到信封吧。

反觀七罪，十分慎重。她愁眉苦臉地盤起胳膊低吟後，猶豫不決地舉起手。

「……我先保留吧。反正應該沒寫什麼好事……」

「…………」

目睹兩組人的反應，四糸乃瞥了一眼自己的左手——「四糸奈」。

「四糸奈……」

「——嗯。隨妳自己決定，沒關係的。」

四糸乃呼喚「四糸奈」的名字後，「四糸奈」一本正經，筆直凝視著四糸乃的雙眼說道。

「……嗯。也對。」

四糸乃下定決心點了點頭，再次面向前方。

◇

「——那個……」

「嗯？」

某日午後，士道在五河家的客廳摺衣服時，後方突然傳來這樣的聲音。

回頭望去，發現是四糸乃。不，不只四糸乃一人，仔細一瞧，也能看見躲在她身後的七罪的身影。

「喔，怎麼了？啊，該不會是想吃點心吧？廚櫃裡有餅乾，再等一下的話，我可以做薄鬆餅給妳們吃。」

士道說完，四糸乃瞬間表情一亮，不過又立刻改變念頭似的搖了搖頭。

「不，那個，點心我就不客氣地享用了。但是我們不是為了吃點心來的……」

四糸乃如此說道，神情有些緊張地走到士道的對面，挺直背脊跪坐下來。七罪也慌慌張張地仿效她，折起雙腿，挺直背脊。

「如果你有空……有樣東西想請你和我一起看。」

「想請我看樣東西……？」

看見四糸乃鄭重其事的態度，士道歪過頭表示疑惑。

於是，四糸乃嚥了一口口水，將手上的大型信封放到桌上。

「這是？」

「……那是——」

士道詢問後，四糸乃一臉真摯地開始說明。

士道聞言，不禁瞪大雙眼。

「四糸乃曾經身為人類時的情報……？」

「是的……好像是這樣。」

說完，四糸乃點頭。士道看向放在桌上的信封。

仔細想想也有道理。四糸乃、七罪，以及八舞姊妹和其他人不同，只擁有身為精靈時的記憶，卻在澪的靈魂結晶消滅後依然保持存在。從這一點看來，可以確定她們以前曾是人類。既然如此，當然存在當時的經歷。

「所以說……七罪也有嗎？」

「……我好像姑且也有……但是保留中。我今天是單純陪四糸乃來的，因為四糸乃說她一個人會感到不安。」

七罪一臉尷尬地移開視線說道。那副表情似乎怕自己優柔寡斷沒收下信封會遭到責備。當然，士道絲毫沒有要責備她的意思。

「這樣啊。自己的過去嗎……的確令人好奇呢。」

士道停下摺衣服的手，面朝四糸乃和七罪的方向。

雖然與四糸乃她們的境遇不同，士道也曾失去以前的記憶，因此十分感同身受。

當然，五河家的雙親對士道視如己出，士道對生活沒有任何不滿。只是，偶爾會隱約感到不安——自己究竟是從何而來？自己究竟做過何事？不知自己源自何處，意外地壓力頗大。

只是失去年幼時期記憶的士道都這樣了，喪失變成精靈前所有記憶的四糸乃會想知道事實為何也是理所當然。

「不過，四糸乃也還沒確認過吧？我可以一起看嗎？那個……也有可能是不太想讓別人知道的事……」

「……！」

士道說完，四糸乃滿臉通紅地低下頭。就在這時，七罪「砰！」地拍打桌面。

「你、你在想什麼啊！你覺得四糸乃以前做過什麼奇怪的事嗎？」

「咦！不、不是，我不是那個意思……！」

士道連忙否定後，四糸乃左手上的手偶「四糸奈」便動作靈巧地聳了聳肩。

「討厭啦～～士道真是不解風情耶～～四糸乃都說想讓你一起看了。」

「咦？」

聽了「四糸奈」說的話，士道瞪大雙眼，四糸乃便慢慢抬起原本低下的頭。

「……那個，我想知道自己曾是什麼樣的人，是如何出生、如何成長，以及——為什麼會變成精靈。」

「不過——」四糸乃接著說：

「我感到……有點不安。我擔心如果因此想起以前的事，會讓現在的我產生什麼變化。我喜歡現在的生活，喜歡有大家和士道的現在。每天都開心不已，真的很幸福。所以——」

四糸乃瞬間止住話語，猶豫不決地朝士道伸出手。

「……我希望你能握住我的手，讓我留在原地，讓我始終維持自我。」

「四糸乃……」

士道呢喃般呼喚四糸乃的名字後，手撐著膝蓋站起來，坐到四糸乃身旁。

然後用力緊握住四糸乃的右手。

「沒問題，交給我吧。無論發生什麼事，四糸乃就是四糸乃。」

「……！好的，士道。」

四糸乃露出燦爛的笑容點頭，回握士道的手。士道用力地回以首肯。

「畢竟我是前輩嘛——想起真士的記憶後，我有改變嗎？」

「沒有，士道依然是士道。」

「對吧？所以說，用不著擔心。」

士道閉起一隻眼睛說道，四糸乃便「呵呵」地微笑，點頭回答：「好的。」

就在這時，「四糸奈」像是發現了什麼事，突然伸出手。

「喂～～喂，七罪？妳要去哪裡？」

「咦？」

士道反射性地望向那邊，便看見直到剛才還待在四糸乃左邊的七罪正偷偷摸摸地想離開房間。不過被「四糸奈」揪住衣襬，逃亡未遂就是了。

逃避失敗的七罪一臉尷尬地恢復原本的姿勢後，撇開視線，開口說：

「……沒有啦，只是被閃瞎了狗眼……想說我迴避一下比較好吧……」

「…………！」

聽見七罪說的話，四糸乃滿臉通紅。不過，她沒有要放開手的意思。

「四糸奈」靈巧地交抱雙臂，搖了搖頭。

「嗯～～妳非常識相這一點是很不錯啦，但是不能逃跑喔，七罪～～因為妳有個重大使命，就是要握住四糸奈的手。」

「握、握住四糸奈的手……？」

「沒錯、沒錯。四糸奈也怕知道過去的事情後會沒辦法保持自我。沒錯，要是想起曾被稱為吞噬世界之兔時的那段記憶——唔！唔唔……大家，快逃……要不然，會被我吃掉……」

「……是、是喔。那就糟糕了呢……」

七罪臉頰流下汗水，緊握住「四糸奈」的小手。

士道面帶微笑注視著兩人，吐了口氣轉換心情後，轉身面向上述的信封。

「好……那打開吧。四糸乃——妳兩隻手都沒辦法開，我幫妳打開可以嗎？」

「好的……麻煩你了。」

四糸乃神色緊張地說道。士道頷首後單手打開信封，拿出裡面的東西放到桌上。

——信封裡裝的是用文件夾夾住的幾張文件，和一張舊照片。

看見那張照片後，所有人發出「喔喔！」的叫聲，瞪大雙眼。

「這是……四糸乃嗎？」

「嗯……沒錯……嗚哇，好可愛……」

照片中的人物雖然樣貌較為年幼，但無庸置疑是四糸乃。

她穿著可愛的睡衣坐在床上，露出靦腆的笑容，不知為何卻帶著些許不符年紀的憂鬱氣息。

「嗯……？」

士道微微皺起眉頭。總覺得有哪裡不對勁。

不過，他立刻便知道了理由。同樣探頭看向照片的七罪語帶疑惑地說：

「咦……四糸奈呢？」

沒錯。就是這裡不對勁。照片上的四糸乃左手並未戴著「四糸奈」。

「所以……拍這張照片的時候，還沒有得到四糸奈嗎？」

「不是吧～～？應該只是還沒長出來吧？」

「咦！四糸奈是長出來的嗎……？」

「四糸奈」的玩笑話聽得七罪直冒汗。

「────」

不過，平常會回以苦笑的四糸乃如今卻一語不發，看著最上方的文件──寫著簡歷的紙張，雙眼圓睜。

「──冰芽川，四糸乃……」

四糸乃輕聲呢喃。

彷彿在自己心中不斷縈繞著這個名字。

沒錯。文件上記載著四糸乃過去充滿神祕的全名。

「冰芽川四糸乃啊──這名字真好聽。」

「嗯……該怎麼說呢……感覺很高貴，很有女神的味道……」

士道輕輕點了點頭；七罪則是深有所感地如此說道，四糸乃便有些難為情地莞爾一笑。

「謝謝。總覺有點不好意思，但是……我聽了很開心。」

說完，四糸乃不斷呢喃著：「冰芽川四糸乃……冰芽川四糸乃……」感慨萬千地嘆了口氣。

「…………」

七罪見狀，露出五味雜陳的表情。

「七罪，妳怎麼了？妳也想知道自己的姓氏嗎？」

士道說完，七罪肩膀一顫，使勁地猛搖頭。

「……！才、才沒有咧！反正我的姓氏什麼的，一定是叫根暗川或陰伽田這類的吧……！」

「有這種姓氏存在嗎……？」

士道露出苦笑後，便和四糸乃一起繼續看文件上的資訊。

——冰芽川四糸乃，距今約二十六年前突然失蹤。恐怕是在這時變成精靈的吧。

當時的年齡是十三歲，看來是個體弱多病的孩子，長期住院。剛才的照片也是在住院時拍攝的樣子。

父親這時已經過世，母親則是工作支付住院費用。母親的名字叫作冰芽川渚沙，當時三十四歲，若是還在世，應該年近花甲了吧。

而第二張文件則是記載著當時的住址和住院的醫院等資訊。

「…………」

四糸乃眼神認真地默默瀏覽文件。

看完所有文件後，士道望著她的側臉問道：

「怎麼樣，四糸乃？有想起什麼事嗎？」

「……沒有。」

四糸乃聞言，有些遺憾地搖了搖頭。

「我知道這張照片上的人是我……但對文件上寫的事情完全沒有真實感……就像在看陌生人的經歷一樣。」

「這樣啊……」

士道苦著一張臉嘆息。

不過，或許人生就是這樣吧。有時當然會基於某種契機恢復失去的記憶，至於喚醒記憶的契機是什麼，則是因人而異了。看完記憶空白的過去經歷，會產生這種感想也無可厚非。

「…………」

就在這時，士道發現了一件事。

四糸乃看著記載當時地址的第二張文件，似乎有些心神不寧。

「……要去看一下嗎？剛好明天不用上學。」

「哇啊！」

士道出聲攀談後，四糸乃肩膀抖了一下。

「為、為什麼……」

然後一雙眼睛瞪得老大，望向士道。感覺那句「為什麼」並非指「為什麼要去？」，而是「為什麼會知道我在想什麼？」的意思。

「誰教妳一副心神不寧的樣子呢。」

士道苦笑著說完，四糸乃便一臉害羞地臉頰泛紅，縮起肩膀。

「呀～～兩人真是心有靈犀一點通呢～～！」

「四、四糸奈……！」

四糸乃摀住「四糸奈」的嘴巴。士道笑著撫摸四糸乃的頭，接著說：

「好，那就決定嘍。明天早上準備好後，到我家門前集合。四糸乃、四糸奈，還有七罪。」

「……咦！」

士道說完，七罪發出錯愕的聲音。

「我、我也要嗎？」

「妳在說什麼，當然啊。還是妳明天早上有事？」

「是、是沒有啦，可是，感覺會打擾你們兩個……」

當七罪嘟嘟噥噥時，四糸乃用她那水汪汪的眼睛望向七罪。

「不行嗎……？」

「唔……！」

七罪發出低吟般的聲音，舉手投降。

「……知道了。我去就是了。」

「……！」

四糸乃一改剛才傷心難過的表情，臉上散發出明亮的光彩。七罪見狀，吐出安心的氣息。

「……不過，不知道四糸乃的媽媽是不是還住在那裡。先拜託〈拉塔托斯克〉調查後再去比較好吧？」

「不，我不想麻煩他們調查這種小事。而且……就算媽媽搬走了，看見自己以前居住的城鎮，或許會想起什麼。」

四糸乃聽了七罪說的話，苦笑著回答。

士道也多多少少能夠明白四糸乃的心情。請〈拉塔托斯克〉調查出更詳細的情報後再行動，確實比較不會浪費時間——但這種事，最好還是含糊一點。

雖然可能性不高，「或許」會恢復記憶。

「或許」能見到母親。

這樣子，剛剛好。

若是事情全都明朗，勢必會猶豫不決，反而無法下定決心吧。

「可是……如果見到媽媽，我已經決定首先要做什麼了。」

「……妳要做什麼？」

七罪詢問後，四糸乃便笑容滿面地回答：

「介紹我重視的朋友們。」

聽到四糸乃說的話，七罪滿臉通紅，挪開視線。

◇

隔天早晨，士道一行人在五河家門口集合後，走向天宮車站，搭乘電車前往神奈川縣的某個城鎮。

他們昨天已事先查好如何前往文件上記載的地址。從最近一處車站搭乘公車二十分鐘，抵達能遠望大海的寧靜住宅區。

「嗯——風好舒服喔，景色也很漂亮，這城鎮真不錯。」

「嗯。四糸乃住過的地方……原來如此，這就是聖地……」

士道伸展身子說完，七罪緊接著撫摸下巴嘟嘟噥噥地呢喃。

「…………」

反觀四糸乃卻是一語不發，只是雙眼圓睜，眺望四周。

「怎麼樣，四糸乃？」

士道詢問後，四糸乃沉思了半晌，搖了搖頭。

「沒有……印象呢。」

「這樣啊。哎，總之，先去妳家看看吧。」

「──好。」

四糸乃表情透露出緊張之色，點點頭。

不過，這也難怪吧。畢竟接下來要前往二十六年前自己曾住過的房子。

而且搞不好會看見自己長年未見的生母。雖然不知道她會不會認出年齡幾乎與當年相仿的四糸乃是自己的女兒，但就算只是從遠處眺望，也無疑會成為一種特別的體驗吧。要她別緊張才是強人所難。

士道用手機顯示出地圖，帶著四糸乃和七罪走在街道上。

然而──

「……奇怪？」

士道突然停下腳步，害四糸乃一頭撞上他的背，七罪也跟著撞上四糸乃的背。

「呀……！」

「哇啊！幹、幹嘛突然停下來啊……」

後方傳來輕聲尖叫和不滿的聲音。士道向兩人道歉後，將視線移回前方。

「根據地圖，這裡就是四糸乃以前的家……」

「咦……？」

聽見士道說的話，四糸乃一臉吃驚。

不過，這也是理所當然的事。因為矗立在眼前的並非獨棟房子或公寓，而是在天宮市也隨處可見的便利商店。

「這裡……嗎？」

「哇啊～～四糸乃以前住的地方還真是奇怪呢。」

「啊～～……不過，畢竟是二十六年前了嘛……」

七罪搔了搔臉頰，吐出話語……嗯，這的確是能事先預料到的事態。實際上，七罪也料想到了這種可能性，才提出先請〈拉塔托斯克〉確認的意見吧。

不過，四糸乃大概早已做好心理準備了，並沒有露出十分遺憾的樣子。或許是因為對自己的過去還沒有實際的感受。

謹慎起見，也向附近居民打探了一下消息，可惜並沒有獲得什麼有力的情報。頂多得知從二十年前就住在這裡的人也不曉得這裡曾住過一戶姓冰芽川的人家。

「大概很久以前就搬走了吧……？」

「唔～～……」

士道搔了搔頭說道，七罪便面有難色地發出低吟，對士道使了個眼色，彷彿有什麼話不想讓四糸乃聽到。士道壓低聲音，面向七罪。

「……怎麼了，七罪？」

於是，七罪也以四糸乃聽不見的微弱聲音回答：

「……沒有啦，女兒在二十六年前失蹤了對吧？通常會那麼快搬家嗎？或許有人會想離開傷心地，但守著家等女兒回來才是天下父母心吧……？呃，我沒有小孩，是不懂啦……」

「唔……」

七罪說的話也不無道理。士道輕聲低吟，摩娑著下巴。

「那麼，為什麼連曾經住過這裡的痕跡都沒有留下來呢？」

「這個嘛……」

七罪一臉尷尬地噤口……不過，從她的表情立刻便能得知她思考的是何種可能性。這話題的確不適合讓四糸乃聽見。

「——士道、七罪。」

「唔喔！」

「噫呀！」

四糸乃突然出聲攀談，嚇得士道和七罪抖了一下。

「嗯～～？怎麼回事？你們兩人在講悄悄話嗎～～？是在打什麼壞主意呢～～」

「四糸奈」盤起胳膊，將臉湊過來。士道與七罪含糊一笑，敷衍帶過。

「沒、沒有啦。話說，四糸乃，妳有什麼事嗎？」

「啊，是的。」

士道詢問後，四糸乃抬起頭，指向從住宅區延伸而去的長長坡道上方。

「接下來……我想去那邊看看。」

「咦？」

士道循著四糸乃的指尖望去。

看見坡道上有一棟大醫院。

——四糸乃所指的醫院，正是她過去曾經住院的地方。

她並非清晰地回想起過去的記憶，而是巡視街道時，莫名對那棟醫院感到在意。

士道原本就打算在看完四糸乃以前的住處後，接著去醫院看看。他們一起爬上長長的坡道，抵達以白色牆面構成的巨大建築物。

「呼～～看起來很近，沒想到其實還挺遠的。」

「是啊……爬坡……意外地累人呢……」

七罪肩膀上下動著，氣喘吁吁地回答。看見她累得半死的模樣，士道忍俊不禁地笑了出來。

「士道、七罪，不好意思，要你們陪我……」

「……！別、別這麼說！我正愁運動不足呢！反而是我該感謝妳才對！」

四糸乃一臉抱歉地說道，七罪便頓時挺直背脊，用力揮著雙手。士道見狀，再次噗哧一笑。

他的舉動似乎太明顯了，惹來七罪怒瞪並說：「笑、笑什麼笑！」

「沒有啦，哈哈……話說，怎麼樣，四糸乃？有印象嗎？」

「…………」

士道說完，四糸乃像剛才一樣環視醫院大廳。

「不確定耶……好像有……又好像沒有……」

「嗯～～……不過，總覺得這個消毒水的味道好熟悉啊……啊！這是四糸奈當密醫時的記憶……？」

四糸乃眉頭深鎖，「四糸奈」則是顫抖著說道。看來似乎尚未浮現清晰的記憶。
「嗯～～……我們也已經知道當時妳住在哪個病房，但醫院不可能讓我們進去查看吧……」
就在士道思索般如此說道時——
「——四糸奈……！」
背後傳來這樣的聲音。
「咦……？」
「是、是誰……？」
四糸乃與七罪反射性地望向聲音來源，士道也跟著轉過頭去。
站在那裡的是一名約五十來歲，氣質優雅的女性護理師。大概是這間醫院的護理長吧，別在胸前的名牌寫著職稱。
由於她驚愕得瞪大雙眼，發出宏亮的聲音，令周圍的護理師和門診患者面露吃驚的神色。
不過，女性毫不在乎地小跑步來到四糸乃身邊，屈膝目不轉睛地盯著四糸乃的臉龐和她左手的「四糸奈」。
「怎麼可能……不過——」
「啊哈～～真是傷腦筋呢。想不到四糸奈名揚全國了啊。」
「四糸奈」戲謔地如此說道，女性便撫摸「四糸奈」確認觸感後，將視線移回四糸乃身上。

「妳該不會是……四糸乃的女兒吧……？」

然後她望著四糸乃的臉龐如此說道。士道一行人聞言，無不瞪大雙眼。

「咦……！」

「妳、妳認識四糸乃嗎……？」

士道詢問後，女性大幅度地點點頭。

「是的……已經是二十年以上的事了……四糸乃是我以前負責過的病人。這孩子長得跟她簡直是一個模子刻出來的。然後，這個絨毛娃娃是四糸奈吧？」

「嗯。我是四糸奈喲～她是四糸乃的孩子，叫四糸繪。」

「咦……？啊，是的，我是四糸繪……」

聽完「四糸奈」的介紹，四糸乃連忙點頭承認。哎，畢竟四糸乃都已經失蹤二十六年，比起四糸乃維持過去的樣貌出現，這麼做比較省事吧。

於是，女性露出一副感慨萬千的表情，眼眶濕潤，緊抱住四糸乃。

「咦……？那個……」

「太好了……原來四糸乃平安無事啊。真是……太好了。」

女性緊緊抱住不知所措的四糸乃半晌，才赫然意識到自己的行為，放開四糸乃。

「啊，不、不好意思，突然抱住妳。因為我萬萬沒想到竟然能遇見四糸乃的女兒……」

「不、不會，沒關係。話說，方便的話，可以請您告訴我——我母親的事情嗎？」
四糸乃說完，女性一臉納悶地歪過頭。
「是可以啦……不過，四糸乃在哪裡？今天沒一起過來嗎？」
「呃，這個嘛……」
面對女性提出的問題，四糸乃支支吾吾，不知該如何回答。
不過，她會提出這個疑問也是情有可原。以四糸乃的個頭來看，通常會認為應該要有父母親陪同。況且，如果對母親的事感到好奇，直接問母親本人不就好了。
但要在四糸乃面前撒謊「四糸乃已經過世」也會感到心虛，因此士道思索著該如何是好。
就在這時，七罪向前踏出一步。
「……那個，其實四糸繪的媽媽四糸乃，喪失了以前的記憶……」
「咦……！」
聽見七罪說的話，女性發出驚愕的聲音。七罪撇開視線接著說：
「然後，從她以前的東西發現了這間醫院的名字，因此來這裡看看能不能打聽到什麼線索。其實本人親自前來是再好不過，但她身體有些虛弱，由四糸繪和我們代替她前來調查……」
七罪一臉誠摯地侃侃而談。這番話當然是隨口胡謅的，只是不時穿插事實，因此聽起來莫名地有說服力。

「原來是這樣啊……」

女性低吟了一聲，不久後點了頭。

「我知道了。如果是我知道的範圍，我很樂意告訴你們——不過，別在這裡說比較好吧。可以換個地方嗎？」

「……！好的！」

四糸乃表情開朗地點點頭，跟在女性後頭。士道和七罪也跟著追過去。

「……話說回來，妳腦筋動得真快呢。」

途中，士道小聲地對七罪說道，七罪便有些自嘲地乾笑了一下。

「……除了造假和謊稱、詐欺外，我也沒其他優點了。」

「喂、喂……」

聽見七罪自虐性的說話方式，士道不禁露出苦笑。才能是好是壞，端看如何使用，如今士道等人不就是多虧了七罪的這項才能才順利解圍嗎？

就在這段期間，一行人抵達了一間小會客室。女性邀請他們入內，在紙杯中倒入麥茶。

「——對了，不好意思，現在才自我介紹。我是這裡的護理長，叫澄田果穗。」

「啊，我是五河士道。」

「……我是五河七罪。」

七罪緊接在士道後頭自我介紹。大概是認為不報上全名顯得很不自然，便用了上學時用的名字。結果，果穗似乎將兩人誤認為兄妹。

「呃……我叫冰芽川四糸繪。」

隨後，四糸乃有些難為情地如此說道。與其說是對報上假名感到緊張，更像是對初次報上姓氏一事感到緊張吧。

「我是Wilhelm von四糸奈。」

最後，「四糸奈」交抱雙臂如此宣言。

聽到「四糸奈」開的玩笑，果穗噗嗤一聲笑了出來，接著像是懷念過去般瞇起雙眼，娓娓道來。

「呃……我想想，該從哪裡說起好呢？正如我剛才說過的，四糸乃曾是我負責的患者。她因為罹患了難治之症，一直在住院，好像也沒辦法常去學校上課。不過，她有在病房好好讀書，算是個頭腦聰明的孩子。」

語畢，果穗望向「四糸奈」。

「然後，四糸奈是四糸乃的母親渚沙送給四糸乃的禮物。」

「原來是……這樣嗎……」

四糸乃瞪大雙眼，望向「四糸奈」。「四糸奈」扭著身子說：「呀～～！四糸奈的祕密要被

揭穿了～～！」

「在周圍的人眼裡看來，也覺得她們這對母女感情好得不得了，真的是羨煞旁人了。所以，那個時候——」

「那個時候？」

「……嗯，是的……」

這時，果穗吞吞吐吐，一副欲言又止的樣子。

那副模樣與其說是不記得過往的事，更像是有事情難以啟齒。

「——沒關係，請告訴我們吧。」

想必四糸乃也感受到她的態度了，只見她筆直地注視著果穗的雙眸，用力點了點頭。

果穗露出有些遲疑的模樣，但還是遷就四糸乃說的話，繼續說下去。

「……我忘記是什麼時候了，醫院突然接到聯絡，說渚沙在職場上受到意外事故牽連，性命垂危。」

「……！」

士道不禁屏住呼吸，七罪也露出同樣的表情。

其中，只有四糸乃彷彿做好了心理準備，緊握拳頭，抿起嘴唇。

「……結果渚沙傷重不治，撒手人寰……她的家人只有四糸乃。當然，必須把這個事實告訴四糸乃……可是，我實在不知道該怎麼向她說明。我說得沒錯吧？我怎麼忍心告訴一個與難治之症搏鬥的女孩如此殘酷的事實？」

果穗低垂目光，搖著頭說。士道十分理解她的心情。若是士道站在她的立場，也無法輕易開口吧。

果穗嘆了一大口氣，抬起頭接著說：

「——就在這個時候，發生了那起事件。」

「那起事件……？」

「是的——四糸乃突然從病房失蹤了。」

「啊——」

士道恍然大悟地瞪大雙眼。

恐怕初始精靈——澪，就是在這時將靈魂結晶交給四糸乃，把她變成精靈的吧。

不過，果穗當然不可能會知道這種事。她聳了聳肩，再次嘆了一大口氣。

「當時大家都急得像熱鍋上的螞蟻。有人說是不是跑去找不再來看她的渚沙，或是從哪裡得知渚沙過世的消息，也隨她去了另一個世界，冒出各式各樣的說法。當然，院方也報了警，尋求警方出面找人……結果還是沒有找到。」

「所以——」果穗轉身面向四糸乃。

「我看見四糸奈的時候，真的嚇了一跳。沒想到四糸乃還活著，甚至有了這麼大的女兒。真的是……太令人高興了。」

說完，果穗再次濕了眼眶，從口袋拿出手帕擦拭眼角。

「啊哈哈……不好意思。年紀大了，淚腺比較發達。」

「澄田阿姨……」

四糸乃露出五味雜陳的表情，不久後低垂視線，又立刻抬起頭說：

「——謝謝您告訴我媽媽的事。謝謝您……還記得她。」

「不會，別這麼說。我才想向妳道謝呢。謝謝妳來這裡，解除了我內心多年來的疙瘩。」

果穗露出有些舒坦的表情如此說道，輕輕低下頭。

於是，四糸乃回以行禮，有些小心翼翼地接著開口：

「然後……那個，如果不行也沒關係，我可以拜託您最後一件事嗎？」

「拜託我？什麼事？」

「是的，我想請您讓我參觀內科大樓的三〇二號病房。我想讓媽媽看一下那裡的照片。」

三〇二號病房——無非是四糸乃昔日住院時所住的房間。

「三〇二號病房啊……我記得現在好像沒有人使用。呃，通常是不能讓人隨便進去參觀的……不要告訴別人喔。」

說完，果穗淘氣地眨了眨眼。

「！謝謝您……！」

四糸乃低頭向她鞠躬，士道和七罪也跟著低頭致謝。

「那現在就走吧。跟我來。」

果穗如此說道，帶領大家走出會客室。士道等人跟在她身後，走在醫院的走廊上。

穿過病房大樓，搭乘電梯，來到目的地三〇二號病房。

「——就是這裡。來，請進。」

「……好的。」

在果穗的催促下，四糸乃神色緊張地踏進病房。

然後一邊走向病房中央一邊環顧室內。士道與七罪也跟在她身後，走進房內。

於是與此同時，果穗像是想起了什麼事情，「啊」地叫了一聲。

「對了，我都忘了——我有東西必須交給四糸繪。我立刻去拿，你們先參觀一下病房。」

「咦？啊，好的——」

當士道轉頭回答時，果穗的身影已經消失在走廊上。「啪噠啪噠」小跑步的聲音在走廊上漸行漸遠。

雖然不知道必須交給四糸繪的究竟是什麼東西，但能慢慢觀察病房或許也算是一件幸運的事。士道將視線轉回前方，環顧病房內部。

白色的病床和小圓椅，櫃子上擺放著一臺小型電視機，看起來平凡無奇。只是，可以從窗簾的縫隙看見窗外的街景與街景後方的一大片海洋。

「這裡就是……四糸乃住過的病房？」

「嗯，好像是喔。怎麼樣，四糸乃，妳有想起什麼──」

就在這時，士道止住了話語。

「──」

因為四糸乃怔怔地瞪大雙眼，佇立在原地。

──意識團團旋轉；記憶一圈一圈捲起漩渦。

先前無論聽得再多、看得再多，都無法浮現實際影像的情報漸漸帶有形狀。四糸乃感到一陣麻痺似的頭痛，不禁差點跪倒在地。

不過，她忍受得住。差一點，再差一點就快要想起什麼了。

啊啊，對了。自己確實曾經待過這間病房。當時唯獨這小小的空間，是四糸乃的城堡；唯獨從這扇窗戶看見的景色，是四糸乃的世界。以及──

「……！」

——叩叩！有人敲了敲門。

當她聽見敲門聲而回過頭時，卻看見自己早已坐在病房上。

不，不僅如此。她的服裝換成了一身可愛的睡衣，士道和七罪的身影則從病房中消失無蹤，她的左手也不見「四糸奈」的蹤影。

不過，奇妙的是四糸乃一點也不覺得奇怪。沒錯，這樣反而再正常不過了。比起這種事，現在必須趕快應門才行，因為四糸乃今天也十分期待這次的來訪——

「——請進。」

四糸乃說道，病房的門便用力敞開。

「呀呵～～！四～～糸乃～～妳今天也過得好嗎！媽媽來了喲～～！」

然後，一名女性朝氣蓬勃地如此說著，走進病房。

這名女性將頭髮隨意向後紮起，一副脂粉未施的模樣。她穿著現場作業用的連身工作服，但大概是路上太熱了，脫下上半身的部分，呈現坦克背心的模樣。肩上揹著用舊了的雙肩背包，手上拎著機車安全帽。

這名與體弱多病的四糸乃完全相反，看似活潑開朗的女性——正是四糸乃的母親，冰芽川渚沙本人。

「——媽媽！」
四糸乃發出雀躍的聲音，合上原本正在閱讀的書本，轉身面向渚沙。
「呵呵呵，讓妳久等了～～」
於是，渚沙慢慢走向病床，胡亂搔了搔四糸乃的頭髮。
「呵呵，很癢耶。」
四糸乃如此說道，輕輕扭動身子後，渚沙便覺得很有意思似的，這次以雙手撫摸四糸乃的臉頰。
「因為已經很晚了，我還以為妳今天也沒辦法來看我了呢。」
「抱歉、抱歉。現場的工作拖延了一下～～」
渚沙「啪」地一聲雙手合十，動作誇張地向四糸乃道歉。
不過，她立刻像是想起什麼事情，雙眼閃閃發光。
「其實，我今天有禮物要送妳喲。」
「禮物……？」
四糸乃雙眼圓睜，歪了歪頭，渚沙便「嗯呵呵」地露出猖狂的笑容，坐到床邊的小圓椅上。
「沒錯。我一直沒有告訴妳，其實媽媽是忍者的後代喲。」
「……是這樣嗎？」

「啊！妳不相信嗎～～？讓妳見識見識～～！喝啊！忍法・分身術！」

然後她在病床下的背包裡摸索了一陣子，突然舉起手。

「啊——」

四糸乃見狀，瞪大雙眼。因為渚沙從床下掏出的手上，戴著可愛的兔子手偶。

『嗨，四糸乃，我是妳的新媽媽喲。』

「哎呀，馬上就得意忘形了啊～～我才是正牌媽媽耶～～」

『咦～～？妳在說什麼蠢話啊？妳又沒有兔子耳朵。』

「妳說什麼～～？妳這樣藐視靈長類，真是令人傷腦筋呢～～」

渚沙開始與手偶聊起天了。四糸乃的雙眼綻放出燦爛的光芒。

「好厲害。妳怎麼會有這個？」

「嘿嘿～～趁空閒的時候做的。做得挺精緻的吧？」

「嗯，好可愛喔……可是，為什麼它的右眼戴著眼罩？」

「這問題問得真好。因為以前與宿敵決戰時受了傷，但這眼罩其實是束縛它的道具。封印解除時，它就會變身成吞噬世界的兔子——」

「……事實是？」

「……做到一半時材料不足。」

四糸乃再次詢問後，渚沙便臉頰流下汗水，老實地坦白了。渚沙的模樣著實有趣，令四糸乃不禁笑了出來。

「媽媽，我可以戴戴看嗎？」

「嗯？噢，當然可以。呵呵呵，可是妳有辦法操縱得很靈巧嗎……？」

渚沙露出自信滿滿的笑容。四糸乃將手偶戴在左手後，試著盡量不動自己的嘴巴說話。

『──呀哈～～！辛苦妳啦，另一個我。呵呵呵，一切都按照我的計畫進行。如此一來，我就能獲得新的身體啦。』

「妳……妳說什麼？可惡的兔子，妳打算對我的四糸乃怎麼樣？」

『這還用問嗎？當然是成為我兔子帝國的尖兵呀～～！』

「唔……！休想得逞！吃我一記必殺技，擰兔耳！」

『呀～～！使～～不～～上～～力～～啦～～』

……玩到這裡，四糸乃與渚沙不約而同地笑了出來。

「呵呵！啊哈哈哈！」

「什麼嘛、什麼嘛，四糸乃～～妳玩得比我還厲害呢～～」

「才沒那回事呢。我只是模仿妳而已……話說，這孩子叫什麼呢？」

「咦？唔～～……那就叫它四糸奈吧。」

「咦咦？這樣就不是媽媽的分身，反而像是我的分身了吧。」

「有什麼關係嘛。與其叫『渚沙子』，叫『四糸奈』比較可愛。」

說完，渚沙揮了揮手，一臉愉悅地笑道。「那麼——」四糸乃回應：

「下次換我做一個絨毛娃娃給妳用——當作我的分身。」

「咦？」

「因為，我能跟媽媽的分身在一起，媽媽卻只有一個人，太可憐了對吧？」

「咻～～！真的假的？媽媽感動得都要哭了。啊，可是麻煩取名為『四糸奈二世』喲。」

「咦！不取名為渚沙子嗎？」

「因為四糸奈是我的分身，渚沙子是妳的分身，這樣很容易搞混耶。不如乾脆把兔子手偶定位成四糸奈系列，有一堆四糸乃，幸福度也會增加吧？」

「真是的……媽媽妳怎麼這麼愛我呀。」

「呵哈哈！妳現在才發現嗎！媽媽愛死妳了～～！」

渚沙爽朗地笑道，再次撫摸四糸乃的頭。

「——總之，就算我不能來看妳，也會一直守護著妳。」

「……嗯。」

四糸乃緊抱住兔子手偶——「四糸奈」，用力點了點頭。

「我最愛妳了……媽媽。」

「——糸乃、四糸乃！」

「————！」

有人搖晃自己的肩膀，四糸乃猛然抬起頭。

環顧四周，發現士道和七罪也在病房中。

這是理所當然的事，畢竟四糸乃剛剛才和兩人一起來到這間病房。

「啊——」

她這才恍然大悟。自己剛才看到的畫面，無庸置疑是自己——冰芽川四糸乃的記憶。

「我……想起來了……」

「……！真的嗎？四糸乃——」

四糸乃結結巴巴地說完，士道便一臉吃驚地大喊。

不過，僅止於此。因為士道在這時止住話語，只是表情困惑地凝視著四糸乃。

然而，這也難怪。

——若是看見四糸乃淚眼滂沱。

「嗚啊……啊啊，啊啊啊啊啊啊啊啊啊啊——」

四糸乃泣不成聲，彎下身靠著病床。淚水一滴一滴落在她那小手擰皺的床單上。

儘管她明白不該弄髒醫院的備用品，但是眼淚、哭聲卻停不下來。

至今宛如遠觀別人記憶的情報也逐漸帶有色彩。

原本被無形之物阻擋干涉的感情決堤而出。

——為什麼？為什麼一直以來會遺忘得一乾二淨呢？

明明自己如此備受寵愛。

明明渚沙就近在咫尺。

四糸乃動了動顫抖的手，面向戴在左手的兔子手偶。

「對不起……我竟然遺忘了那麼久……明明『四糸奈』——媽媽妳一直在身旁守護我……」

於是，「四糸奈」慢慢搖了搖頭，輕輕撫摸四糸乃的頭。

「——不，沒關係的，四糸乃，只要妳過得好就好。」

「————」

那道嗓音、撫摸頭的觸感，簡直跟渚沙本人一模一樣。

四糸乃緊抱住「四糸奈」，哭了一陣子。

「四糸乃……」

「……嗯。」

士道與七罪輕聲呢喃，卻沒再多說什麼，默默地撫摸四糸乃的背。

那溫暖的觸感，讓四糸乃湧起一股不可思議的強大與安心感。

——啊啊，我真幸福。

四糸乃流著淚如此思忖。

出生在一個溫柔的母親身邊，在充滿愛的環境下成長——如今又受到如此可靠的同伴支持。

四糸乃一味地哭泣，腦海中交織著悲傷、痛苦，與不亞於上述情緒的強烈喜悅與歡欣。

於是——不知道過了多久。

當四糸乃終於恢復平靜，擦拭眼淚時，剛才離開病房的果穗回來了。

「哎呀，妳這是怎麼了呢？」

「……！沒事，我稍微跌倒了……對不起，弄髒了病床。」

四糸乃端正坐姿，轉身面向果穗。在她面前，四糸乃的身分是自己的女兒四糸繪，總不能說自己是目睹病房而回想起往事。

「哎呀哎呀，還好嗎？有沒有受傷？病床我等一下會整理，別放在心上。」

「不好意思……謝謝您。」

四糸乃低下頭——然後，一雙眼睛瞪得圓滾滾的。

因為她發現果穗單手抱著一個大盒子。

果穗大概是從四糸乃的反應察覺到了，她走向四糸乃，將盒子放到病床上。

「對了、對了，我想說如果四糸乃回來，就要把這東西還給她，所以一直保管著。」

果穗如此說道，並且打開盒蓋。

「——！這是……！」

四糸乃看見盒裡裝的東西，雙眼圓睜。同樣探頭看向盒內的士道和七罪也做出類似的表情。

不過，這也是理所當然的事。因為裡頭裝的——是與「四糸奈」如出一轍的兔子手偶。

然而恢復過去記憶的四糸乃馬上就理解了那個手偶的來歷。

沒錯，那是——

「四糸奈……二世。」

「四、四糸奈——」

「二世？」

士道與七罪發出驚愕的聲音。

四糸乃點了點頭，從盒子裡拿出手偶。

仔細一看，並非和「四糸奈」一模一樣。那個手偶並不像「四糸奈」那樣戴著眼罩，耳朵也像垂耳一樣，有點下垂。

沒錯。那就是四糸乃為了渚沙製作的四糸乃的分身，「四糸奈二世」。

果穗感慨萬千地撫摸著「二世」的頭，輕聲嘆息。

「這是四糸乃做的娃娃，說要送給媽媽當禮物……結果，渚沙意外身亡，沒辦法交給她了——妳是叫……四糸繪沒錯吧。可以請妳交給四糸乃嗎？」

「……好的，我一定會交給她。」

四糸乃大幅度地點點頭，將「二世」戴到右手上。

然後，讓「四糸奈」與「二世」面對面，動了動右手的手指，一邊操作「二世」一邊發出聲音說道：

「……好久不見，四糸奈。我一直很想見妳呢。」

於是，「四糸奈」回應——

「——嗯，我也是喲！」

「四糸奈」緊緊擁抱「二世」。

◇

之後，士道等人小心地將「二世」收進包包，回到醫院大廳。

「真的，非常謝謝您幫了我們這麼多忙。」

四糸乃不好意思地如此說道，朝果穗深深低頭道謝。她的雙眼還有點紅，但已看不見眼淚。

「噢，別在意。我也很慶幸能夠見到妳——下次我也想見見四糸乃。如果哪天四糸乃的身體狀況好轉，請告訴我，我會親自上門拜訪。」

「啊哈哈……好、好的。」

果穗說完，四糸乃似笑非笑地如此回答。她剛才似乎和果穗交換了聯絡方式，不過，既然無法準備四糸乃長大成人的模樣，這場會面便難以實現……不知道能否用顯現裝置解決這個問題。之後得問問琴里才行。

「那麼，承蒙您多方照顧了——再見。」

「好的，再見。」

士道一行人向果穗告辭，離開醫院。

來的時候沒有發現，從位於長長坡道上的醫院放眼望去，能將擴展於坡道下的街景和水平線一覽無遺。士道遠望著反射陽光而波光粼粼的水面，伸了個大懶腰。

「——四糸乃，妳能想起媽媽的事，真是太好了呢。」

「……是的。」

四糸乃有些害羞地說了，並且莞爾一笑。這時，「四糸奈」大動作地盤起胳膊。

「哎呀～～感覺通體舒暢呢～～而且再次見到了二世，感覺四糸奈也稍微提升了等級？之類的？」

說完「咻！咻！」地打起空氣拳擊。

「四糸奈」是為了保護四糸乃的心靈，從四糸乃身上產生出來的另一個人格。想必是四糸乃在潛意識中，以母親渚沙為原型構成人格吧。這次藉由四糸乃的記憶被喚醒一事，或許「四糸奈」也會跟著產生某種變化。

不，這麼想顯得有些不解風情。「四糸奈」是渚沙的分身，一直守護四糸乃至今。感覺這麼想——比較溫馨。

「——我還想起了一件事。」

在慢步走下坡道前往公車站的途中。

四糸乃突然呢喃了一句。

「想起什麼事？」

「——〈幻影〉(Phantom)出現在我面前時的事。」

「…………！」

聽見四糸乃說的話，士道眉毛抽動了一下。

〈幻影〉。那是初始精靈澪隱藏自己真正身分時所用的識別名。

將靈魂結晶賜給人類，將人類變成精靈的存在。儘管有人記得，有人不記得，她理應都曾出現在之前身為精靈的那些人面前。

「因為媽媽一直沒有來看我，我好寂寞、好寂寞，一直哭個不停。大概是因為這樣，我的病情也越來越惡化，某天夜裡，我胸口痛苦得無法呼吸——

就在那個時候，〈幻影〉出現在我的面前。」

四糸乃吐了一口長氣，低垂雙眼。

「……我聽說澪是為了將真士化為永遠不死的存在，才把我們變成精靈的。可是——我想如果我當時沒有遇見澪，老早就死了。」

她抬起頭，接著說：

「變成精靈後，我遇見了許多難受悲傷的事。可是——更發生了許多快樂開心的事，遠遠凌駕其上。我是這麼想的——澪原本打算利用我的生命，結果反倒賜給我生存下去的時間。」

「這……」

士道無言以對。於是，四糸乃「呵呵」地微微一笑。

「我不太了解澪，所以不知道自己猜想的對不對——可是，如果是我熟識的令音，我想她內心的想法應該是如此吧。」

「…………是啊，或許吧。」

士道輕輕點了點頭，回答四糸乃。

雖然不知道真相為何，如果是令音——會有這種想法確實也不足為奇吧。

「對喔——我忘記了。」

就在這時，四糸乃加快腳步，一口氣跑下坡道後，轉身面向士道與七罪，擋在他們面前。

「四糸奈……占用妳一點時間可以嗎？」

「嗯，當然。」

聽完四糸乃說的話，「四糸奈」大動作地點點頭，宛如對四糸乃想做的事情瞭如指掌。

於是，四糸乃將「四糸奈」從自己的左手拿下後，用雙手抱住它。

「我重新向妳介紹喔——媽媽。」

然後這麼說著，讓「四糸奈」面向七罪的方向。

「這個人是七罪，是我——珍愛的朋友。」

「咦！」

面對突如其來的事態，七罪身體抖了一下。不過，大概是認為沉默也很失禮，只見她滿臉通紅地朝「四糸奈」輕輕行了一個禮。

「……妳、妳好，我是七罪。」

當然，脫離四糸乃左手的「四糸奈」不會回應七罪——這一點，四糸乃自己也再清楚不過了吧。

啊啊，對了。士道想起來這裡前，四糸乃曾說過的話。

四糸乃想向母親——母親的分身介紹自己的朋友。

親口——從她自己的嘴裡說出。

緊接著，四糸乃轉身面向士道。想必也要重新介紹士道吧。士道清了喉嚨，端正姿勢。

不過，四糸乃卻露出有些頑皮的笑容開口：

「這個人是士道。是我——最喜歡的人。」

「咦……！」

介紹詞出乎他的意料，令他不禁發出錯愕的聲音。於是，四糸乃一臉傷腦筋地繼續說：

「可是，我鼓起勇氣向他告白，他卻還沒有明確地答覆。」

「呃，四、四糸乃？關於這件事啊……」

意想不到的追擊令士道支支吾吾地說不出話。

四糸乃確實曾在一年前向士道告白。

不過，是在十香消失的瞬間告白——結果因此不了了之。沒想到竟然會在這個時間點又拿出來說。

見士道一副慌張的模樣，四糸乃愉悅地笑道：

「呵呵，不用緊張啦，士道，我只是想稍微捉弄你一下——那是我想逼出十香的真心話才說的。」

「四糸乃……」

「不過，等我再長大一點，到時候——」

「咦——？」

即使士道反問，四糸乃也沒有回答，只是莞爾一笑。她再次將「四糸奈」戴回左手。

於是，「四糸奈」像剛泡完水的動物，甩了甩身體。

「呼哈～～！四糸奈復活！所以，怎麼樣了，四糸乃～～」

「呵呵——祕密。」

四糸乃面帶微笑，豎起食指擺到嘴脣前面。「四糸奈」戳了戳四糸乃的臉頰說：「咦咦～～？告～～訴～～我～～啦～～」

七罪滿臉通紅，摀住眼睛（但是指縫張開，看得一清二楚）看著四糸乃，從喉嚨擠出聲音：

「四、四糸乃……什麼時候變得那麼成熟了……」

「是、是啊……」

士道也發出低吟表示同意。沒想到那個純真無邪的四糸乃竟然會將自己玩弄於股掌之間。

……這也是因為拿下「四糸奈」嗎？感覺目睹了她脫離母親羽翼的瞬間，士道內心湧起一股莫名的感慨。

不過仔細想想，也不無道理。最後戰役結束後已經過了將近一年的歲月，人總是會成長的，像四糸乃這個年紀的女孩子更是如此。

「…………」

士道不禁沉默——他心想：從一年前起，自己究竟前進了多少？

（——那只是我想逼出十香的真心話才說的。）

四糸乃說的話刺進士道的胸口。

四糸乃確實有所成長吧。不過，並非如今才開始成長。一年前的那個時候，她就遠比士道更了不起，遠遠凌駕於明知十香會消失卻害怕十香與其他人悲傷而不敢說出真心話的士道。

——仔細回想，這一年來士道儘管對十香消失一事耿耿於懷，卻刻意迴避十香的情報。想必是即使頭腦理解，還是害怕面對十香已經不在的事實。

……多麼窩囊啊。竟然是四糸乃的勇氣與成長，讓自己終於意識到這件事。

「——士道。」

四糸乃突然出聲向士道攀談，令士道肩膀微微顫抖了一下。

「四糸乃，什、什麼事？」

「再次謝謝你今天的陪伴——多虧士道和七罪，我才能與媽媽重逢。」

四糸乃說完，行了一個禮。

「……不，別這麼說……該道謝的，反而是我。」

「咦？」

四糸乃一臉納悶。

士道並非受到四糸乃說的話所激勵，但是四糸乃今天的行為——足以讓一直原地踏步的士道邁步向前。

當然，並不是馬上就能採取什麼行動。

不過——先從「了解」更多開始吧。

了解更多十香、空間震和精靈的事。

——如果能藉由了解，向前邁進。

「士道……？」

「……你從剛才就怪怪的，到底怎麼了啊？」

四糸乃與七罪歪頭詢問。「沒事。」士道搖了搖頭，抬起頭望向大海。

「——坡道途中有一座公園吧。雖然已經下午了，來吃午餐吧。難得出遠門，我做了便當過來。」

士道心曠神怡地說完，四糸乃與七罪便對望了一眼，綻放笑容，點頭同意。

◇

三月。冬天的寒冷偃旗息鼓，四處充滿春天氣息的時節。

四糸乃來到住在同一間公寓的七罪的房門口。

話雖如此，七罪住的房間就在四糸乃房間隔壁。七罪原本不想與人來往而選擇了最上層的邊間，但一年前的戰役結束後，心境似乎產生變化，因此搬到這裡。

按下門鈴後，立刻傳來「啪噠啪噠」的腳步聲，房門打開。身穿休閒的居家服，隨意紮起頭髮的七罪露出臉來。

「歡、歡迎光臨……」

「七罪……沒必要那麼急急忙忙來應門。」

四糸乃苦笑著說道，七罪便一邊調整有些急促的呼吸一邊用力搖了搖頭。

「不行，像我這種人，怎麼可以讓四糸乃久等……話說，妳用不著特地過來，只要跟我說一聲，我親自上門去拜訪妳……」

「不用啦。都是鄰居，讓我們相處得更輕鬆一點吧。」

「鄰、鄰居……」

四糸乃說完，七罪不知為何有些難為情地羞紅了臉頰。
但她馬上回過神，邀請四糸乃進門。
「抱歉，一直讓妳站在門外。快點進來吧。」
「好的，打擾了。」
四糸乃微微行了一禮後，脫下鞋子擺好，走進七罪的房間。
於是，七罪快步走向廚房，立刻去泡茶。
「那個……喝紅茶可以嗎？」
「可以。謝謝妳特地為我準備。」
「不會不會，能為妳泡茶是我的榮幸才對……」
七罪嘟嘟噥噥地說著，後半部分聽不太清楚。
四糸乃坐在客廳的沙發上等待，不久後，七罪便端來茶與茶點。
四糸乃再次道謝，七罪誠惶誠恐地縮起肩膀，坐到四糸乃的對面。
「……所以，妳今天怎麼會來找我？」
「啊──對了。七罪，妳這個假日有空嗎？」
「我會空出時間來。」
七罪立刻回答，令四糸乃不禁露出一抹苦笑。

「妳要做什麼？」

「啊，是的。其實澄田阿姨之後有發訊息給我，告訴我媽媽的墓地在哪裡。所以，我打算這次放假去掃墓，也想讓媽媽看看『二世』。妳方便的話……要不要一起去？」

「這個嘛～我想去掃別人家的墓也很無聊啦，所以不勉強～～」

「四糸奈」發出「啊哈哈！」的輕笑聲如此說道。於是，七罪彷彿在表達「沒這回事」，猛力搖頭。

「我當然要去。因為我是四糸乃的朋、朋朋……朋……」

七罪臉紅得就快要冒出蒸氣，從嚨喉擠出聲音。

「……朋友嘛……」

「……！是的！」

四糸乃綻放笑容回應後，七罪頭上「砰！」的一聲噴出白煙。

「那麼，麻煩妳陪我一起去了。地點好像在那個城鎮附近，有一點遠……」

「完全沒問題……對了，妳有約士道了嗎？」

「不，還沒有……」

四糸乃說完，七罪豎起一根手指。

「那傢伙假日還挺搶手的，最好快點約。我記得他說今天要帶昨天的飯菜去狂三家。」

「說、說的也是……那我先傳個簡訊約他……」

四糸乃從口袋拿出手機後，輕觸螢幕，打算傳簡訊給士道。

然而——那一瞬間。

——嗚嗚嗚嗚嗚嗚嗚嗚嗚嗚嗚嗚嗚嗚嗚嗚嗚嗚嗚嗚嗚嗚嗚嗚嗚嗚嗚嗚嗚嗚嗚嗚嗚嗚嗚嗚嗚嗚——

危險的警報聲震動空氣。

「咦……！」

「空、空間震警報……！」

四糸乃與七罪屏住呼吸，看向彼此染上驚愕的臉龐。

「為、為什麼會發出警報……？精靈不是已經不存在了嗎？」

「不知道……不過，總之，現在要……」

四糸乃緊握拳頭如此說道，七罪便像是察覺到她的意圖，回以大幅度的首肯。

兩人迅速離開房間，為了確認狀況，前往〈佛拉克西納斯〉。

第五章　五河琴里

我與士道相遇，應該是士道來到五河家當養子的時候吧。

哎，當然，那時還年幼的我早已記不清當時的事了。

實際上有一段時間，我根本不知道士道是我的繼兄，就這樣和他一起生活。當時對我而言，士道是一個我最喜歡的溫柔大哥哥，僅止於此。

——而六年前發生的事改變了我的世界。

我被〈幻影〉變成了精靈。

如今回想起來，之所以會選擇我，肯定是為了賜予士道〈灼爛殲鬼〉的庇護吧。真是的，把人拖下水。而且我都還沒抱怨呢，就擅自消失。真的是——拿她沒辦法。

總之，我變成了精靈，同時被〈拉塔托斯克〉發現，成了司令官，等待下一個精靈出現。

受到士道幫助的我開始準備幫助士道。

——因為我，是哥哥的妹妹呀。

我為此感到喜悅而自豪。

實際上，在如今的成員中，我和士道相處的時間比任何人都久，也比任何人都了解士道。

不過，我突然感覺到一件事。

所謂的妹妹，是驕傲，同時也是——類似詛咒的存在。

比任何人都親近，卻無法擺脫親人的身分。

士道戀愛時，肯定不會把我納入考慮的對象。

假如——假如，士道不是來我家當養子。

我們是否能以更不一樣的方式相遇？

◇

——怦通、怦通的鼓動聲，感覺十分吵鬧。

心臟劇烈跳動，好似要衝破胸骨，跳出身體。

那肯定是基於恐懼、戰慄這類的情感所導致吧。實際上，站在士道眼前的這名神祕少女身上所發出的強大壓力，即使不通過偵測器，也令士道的肌膚不斷顫抖。

「……！」

原始的恐懼、死亡的直覺。本能訴說著身為生物，對方的實力與自己天差地別。現在立刻逃跑吧。位於眼前的，是絕對的捕食者——

然而，士道並未逃之夭夭。

或許是因為雙腳不聽使喚，但主要的原因是——他的目光被這名少女深深吸引。

——這種感覺是怎麼回事？

在心跳快得如撞警鐘的狀態下，士道湧起一股莫名似曾相識的感覺。未知的存在；不可能認識的少女。可是不知為何，士道卻強烈認為自己曾在哪裡見過這名少女。

「……唔、啊——」

打破這種膠著狀態的是少女。她發出輕聲低吟般的聲音，緩緩舉起裝備著「爪子」的手。

「……！——」

士道察覺到少女的意圖後屏住呼吸，火速退離原地。

少女的手一揮而下，響起「咻！」的破風聲。

——瞬間。

周圍的景色「錯開」。

「什麼——」

眼前發生的事情令士道一頭霧水，不禁發出錯愕聲。

但他立刻恍然大悟。因為位於少女前方的道路、住家、行道樹和車輛等——宛如切豆腐般平滑地被切斷，發出沉重的聲響，倒塌瓦解。

不過，這個現象並非只發生在少女的眼前。崩毀的聲音愈來愈遠，接二連三揚起塵土。

「什麼……」

士道屏住呼吸。因為位於少女揮「爪」方向的街景被平整地切斷，直達數公里遠。

若是士道再晚個幾秒退離原地，肯定也會如同那街景一樣，被平滑地切成兩半。

「啊，啊，啊——」

少女再次隨意舉起手臂，連續揮舞「爪子」。

每揮舞一次，位於少女視線延長線上的街道、景色便整齊地被切斷。

「不、不會吧……！」

如今沒有〈灼爛殲鬼〉的保護，再小的攻擊都可能造成致命傷。士道壓低身子，狼狽不堪地逃離現場。

話雖如此，與少女拉開距離似乎也毫無意義。只要少女揮舞「爪子」，其延長線上的景色便會全部化為瓦礫。重點在於避免站在少女的視線前方，所以必定得在少女的四周繞來繞去。

「——啊啊，啊，啊啊……！」

不知經過了幾次攻擊，少女舉手向天。

於是，巨大的「爪子」消失蹤影，反倒是飄浮在少女周圍的十把劍其中一把，飛到了少女的手中。

那是從左邊數來的第五把劍。劍刃厚如戰斧，狀似火焰的巨劍。

「啊啊啊啊啊啊啊啊啊啊——！」

少女發出野獸般的咆哮後，將那把劍刺入地面。

「哇……！」

士道不禁發出慘叫般的聲音，並且縮起身體。

以少女為中心，大地呈放射狀向外龜裂——裂痕如火山般噴發出火焰。

「這、這是——」

四周在剎那間化為灼熱地獄。所幸士道並未遭火焰波及，但是不小心將散布四周的熱氣吸進肺部，不斷猛咳。

然而，事情並未到此為止。少女緊接著拿起第八把——如龍捲風捲起漩渦的劍，使勁揮下。

以少女為起點，颳起一陣狂風，捲起四周噴出的火焰，朝天空延伸而去。

「唔啊……！」

身為人類的士道怎麼可能抵抗得了那道火焰威猛的氣勢。他束手無策地被吹飛，在灼熱業火的燃燒下飛向天空。

——想必被扔進洗衣機的絨毛娃娃就是這種感覺吧。在視野劇烈晃動的狀態下，士道的腦海掠過如此無聊的想法。身體不聽使喚、無法呼吸，唯獨折磨全身的壓痛與火焰的高溫鮮明地刻劃在腦海。

不過，這樣的狀態並未持續太久。士道被火焰順勢拋向天空，充分體驗了幾秒奇妙的飄浮感後，重重摔落地面。

「嘎……噗……！」

由於是以不自然的姿勢被拋出，甚至無法採取護身倒法。視野閃爍，已經感覺不到身體是哪裡疼痛。

目前尚有意識，不知是走運還是倒楣到家。這樣的想法瞬間掠過腦海──但士道立刻便判斷屬於前者。

他確實是滿身瘡痍、窮途末路，但他尚未失去意識，還能動腦思考。既然如此，事情還沒完，要放棄言之過早──

不過，彷彿要澈底摘除士道的希望，響起緩慢的腳步聲。

少女走近仰倒在地的士道身邊。

「啊──────」

沙啞的聲音從喉嚨洩出。

背對逐漸轉為黑夜的天空佇立的神祕少女。

一股不可思議的感慨主宰著自己的腦袋，士道對此感到困惑。

因為面對剛才讓自己身受重傷的怪物，比起恐懼或絕望，士道最初的感想竟是——

——她真是美麗。

「啊啊，啊……」

少女像是要斬斷士道的思考，握住飄浮空中的寶劍劍柄——第十把。散發出最不祥的壓迫感，最為巨大的大劍。

「——」

士道望著她舉起那把巨劍，感覺十分奇妙。

宛如一瞬的時間拉長了，世界呈現慢動作——啊啊，這種感覺似曾相識。是直覺面臨死亡的腦袋正在仔細檢查記憶，試圖從過往的經驗找出生存之道。

不過，士道認為這顯然對現在的自己毫無助益。因為士道至今之所以能脫離死地，全多虧了蘊藏體內的精靈之力。如今他失去精靈之力，這種現象不過是單純的走馬燈。

話雖如此，這也絕非一件壞事。士道在朦朧的意識中如此思忖。雖說是生死關頭，起碼能想起大家的面容。各式各樣的情景在士道的腦海中稍縱即逝——與琴里成為家人的時候、認識折紙的時候、差點被狂三殺害的時候，以及——與那名難以忘懷的少女初次相遇的時候。

「……——十、香——」

想起她的瞬間，士道感覺自己半下意識地從喉嚨吐出聲音。

隨風消逝的細小聲音。

想必不會有人聽見的微弱獨白。

然而——

「————！——啊、啊——」

不知為何，那一瞬間，感覺舉起巨劍的少女表情微微改變，身體動了一下。

「…………？」

在延長的意識中，士道莫名冷靜地眺望她的模樣。

他不知道究竟發生了什麼事。理應是這現場絕對強者的少女為何猶豫不決，令他百思不得其解。

「妳是……」

結果——

「…………！」

下一瞬間，士道話說到一半，不禁瞪大了雙眼。

因為一股奇妙的飄浮感籠罩他的全身後，映在他視野的景色突然完全改變。

士道頓時還以為來到了天堂，然而——並非如此。

擴展在他眼前的並非白雲大地和彩虹橋，而是以直線構成的艦內裝潢。

「——士道！你沒事吧，士道！」

「啊……」

聽見頭上傳來的聲音，士道發出輕聲呻吟。

他按住搖搖晃晃的頭，好不容易捕捉到聲音主人的樣貌。

「琴、里……」

沒錯。位於眼前的，正是以黑色緞帶紮起頭髮的士道的妹妹，琴里。

士道這才恍然大悟，理解自己在差點被神祕少女殺死時，〈佛拉克西納斯〉利用傳送裝置，於千鈞一髮之際將他傳送到艦上。

「——士道。」

「嗚哇，你這副模樣可真淒慘啊，少年。」

聽見這兩道聲音，士道的視野中又出現繼琴里之後的其他熟悉面孔——「折紙和二亞」，兩人憂心忡忡地俯視士道。

不，不只如此。在她們的身後也能看見其他少女的身影。看來她們也被〈佛拉克西納斯〉傳送到了艦內。

「啊，啊啊……抱歉，多謝妳的幫助，琴里。」

士道發出沙啞的聲音說道，琴里便鬆了一口氣。

「……真是的，嚇得我壽命縮短了好幾年。都怪你輕舉妄動……！」

仔細一看，琴里臉色蒼白，額頭還冒出斗大的汗珠，看來十分擔心自己。

「……抱歉。只是我沒想到竟然會那麼快就發生空間震……」

「——關於這一點，我實在無顏面對你們。」

如此回應士道的是站在艦長席旁的瑪莉亞。她難得擺出嚴肅的表情，望向這裡。

「從空間的搖晃來預測空間震的發生時間，確實應該是在十分鐘後——然而，實際發生空間震的時間卻比預料中還要早，簡直像是強行破壞空間之牆。」

「……！」

瑪莉亞的分析與士道在現場感受到的直覺十分相似。他眉頭深鎖，望向艦橋的主螢幕。

螢幕上還顯示著依然大肆破壞的少女身影。她已經不在意士道是否還在，只是恣意地摧毀四方。以她為中心的天宮市街道轉眼間化為廢墟。

那副模樣，簡直就是失控狂暴的野獸。沒有明確的目的與意志，只是向世界彰顯自己存在的暴虐之王。

「…………」

不過——士道見狀，不禁屏住了呼吸。

不知為何，她的姿態與吼叫聲——

——感覺十分哀悽。

「……總之——」

當士道凝視著主螢幕時，琴里像是要打起精神般大喊：

「士道你先接受治療吧——川越、中津川！送士道到醫務室！」

「「是！」」

〈佛拉克西納斯〉的船員，〈迅速進入倦怠期〉川越與〈穿越次元者〉中津川遵從琴里的指示，開始準備擔架。士道見狀，試圖撐起身體。

「咦？呃，不需要用擔架吧——」

「…………」

士道說完，琴里用指尖戳了戳他的身體。瞬間，劇烈疼痛竄過全身。

「唔……！咕……！」

「……我不是說過了嗎？現在的你沒有〈灼爛殲鬼〉的保護，受傷放著不管，當然不會痊癒啊……置之不理的話，真的會死掉喔！」

琴里露出銳利的視線說道。士道再次意識到自己的認知有多天真，開口道歉：

「嗯，我知道了……抱歉……」

「好了，那麼，士道——」

川越與中津川攙開擔架，催促士道。士道在兩人的攙扶下，將身體移到擔架上。

琴里側眼看著這副情景，對瑪莉亞說道：

「——必須盡早擬定對策。瑪莉亞，盡量蒐集那神祕存在的情報。」

「了解。」

瑪莉亞一邊敬禮一邊簡短地回答。於是，在一旁聆聽兩人對話的少女們也大聲開口：

「琴里，也讓我們出一份力吧。」

「唔嗯，妾身等人好歹曾身為精靈，或許能派上用場。」

折紙和六喰毅然決然地握起拳頭，訴說自己的意見。琴里聽完，微微皺起眉頭。

「……我很感謝妳們的心意，但我想盡可能避免牽連妳們。難得妳們靈力消失，得以過上平穩的生活——」

「——有什麼關係呢。」

然而，在琴里表達自己的意見時插嘴的，是瑪莉亞。

「我也贊成琴里的意見，不過這次對方的底細實在太過神祕，集思廣益或許可以得到什麼好點子。」

「…………」

大概是認為瑪莉亞的意見不無道理，只見琴里愁眉苦臉了片刻後，輕聲嘆息道：

「……真拿妳們沒辦法。不過，終究只是借用妳們的智慧當作參考喲。絕對不會讓妳們參加作戰行動。」

「「……！」」

少女們大幅度地點了點頭。

士道在一旁看著這副情景，被抬送至醫務室。

◇

士道以醫療用顯現裝置接受完治療後，前往〈佛拉克西納斯〉的作戰指揮室，發現之前身為精靈的少女們早已齊聚一堂。

琴里，以及折紙、二亞、狂三、四糸乃、六喰、七罪、耶倶矢、夕弦和另一人並坐在桌前。

「啊！達令！你已經沒事了嗎～～！」

士道一踏進室內，「另一人」便發出響亮的聲音。

一頭如古代公主般的齊髮，高挑的身材，嗓音如銀鈴般悅耳。她是誘宵美九，曾經身為精靈的偶像。

「嗯，我已經沒事了。我現在才覺得顯現裝置實在是太厲害了，我的身體狀況甚至比受傷前還要好。」

說完，士道大動作地轉動肩膀。大家見狀，吐出安心的氣息。

「——就等你一個了，士道。馬上要開會了，坐下吧。」

坐在最內側座位的琴里拄著臉頰說道。士道點了點頭回應，坐到空位上。

「那麼，麻煩妳了，瑪莉亞。」

「好的。」

琴里說完，站在她身旁的瑪莉亞便彈了一個響指。

於是配合這個動作，橢圓形桌子的中央顯示出影像。

「這是……」

士道見狀，微微皺起眉頭。

因為那裡顯示的，是化為一望無際的焦土的市區與在那正中央抱膝入眠的神祕少女的影像。

「——正如各位所見。對象在遇見士道，盡情破壞四周後，進入休眠狀態，宛如映入眼簾的景色不再出現生物才終於安心的樣子。」

「ＡＳＴ呢？」

既然空間震警報響起，陸上自衛隊ＡＳＴ應該會出動。士道歪頭詢問。

「剛才交戰過……但完全不是她的對手，立刻被擊退。沒有人死亡算是不幸中的大幸。」

琴里無奈地聳了聳肩……不過，完全可以預想到這樣的事態。因為那名少女散發出來的力量就是如此強大。

這時，折紙微微瞇起眼睛，望向琴里。

「——我想確認一件事。那是精靈嗎？」

「「…………」」

聽見這句話，所有人沉默了。

不過，這也是理所當然的事。因為那是所有人都如此心想，卻得不到明確回答的疑問。

琴里吐了一口沉重的氣息後開口：

「……一年前，初始精靈澪的靈魂結晶消失。如果將『精靈』定義成『分享澪靈力的存在』，那我只能否定。」

「不過——」琴里繼續說道：

「從對象身上偵測到的無疑是靈波反應。因此，〈拉塔托斯克〉決定暫時將對象判斷為『精靈』，將識別名稱呼為〈野獸(Beast)〉。」

「〈野獸〉……」

原來如此，就某種意義而言，這個名稱確實很適合她……不過，不知道將一名少女取名為

〈野獸〉是否恰當就是了。

當士道思考著這種事情的時候，美九一臉困惑地用手指抵著下巴。

「嗯～……人家不是很了解耶～也就是說，還有其他精靈不是澪製造出來的嘍？」

「老實說……無法斷定。畢竟我們沒有遇過不是澪製造出來的精靈這種實際案例。」

琴里聳了聳肩，回答美九的提問。

「〈野獸〉發出的靈波反應酷似歷來的精靈波長，但無法確定這代表『澪的靈力殘留於世界的某處』，還是『無論源自於誰，精靈的構成都是相同的』。」

「不過，沒有對照的對象，也無從驗證起就是了……」

琴里說完，七罪點頭表示理解。就在這時，她像是想起了什麼事情，皺起眉頭。

「……會不會是……用〈刻刻帝〉的子彈穿越時空而來的精靈呢……？畢竟直到一年前都還存在著靈魂結晶。我記得不是有顆子彈是能飛到未來的……」

「——哎呀、哎呀。」

對七罪提出的假設有所反應的是時之天使〈刻刻帝〉的前宿主，狂三。她一臉饒富興味的樣子瞇起雙眼，以指尖撫摸臉頰。

「妳提出的假設真有意思。如果是這樣，確實有可能讓精靈出現在這個靈魂結晶消失的時代呢。」

「……所以，妳有什麼頭緒嗎，狂三？」

琴里瞇起眼睛望向狂三。狂三動作誇張地搖了搖頭。

「很遺憾，我不記得有對那種人射擊【十一之彈（Yud Aleph）】——士道和七罪你們呢？」

狂三望著士道說道。

不過，士道立刻便理解了她的意圖。士道曾經封印狂三的靈力，而七罪的天使〈贗造魔女（Haniel）〉能模仿其他天使的表面能力。換句話說，有可能使用〈刻刻帝〉。

「不，我也沒有印象。」

「……我也是。況且，我能複製的只有親眼目睹過的能力。話說，使用〈刻刻帝〉的能力會減少自己的壽命吧？就算複製了，我也絕對不想使用……」

「事情就是這樣。」

狂三如此說道，聳聳肩望向琴里。琴里輕輕點頭，一副早已預料到會得到這種回答的樣子。

不過，狂三在這時揚起嘴角，玩味地說道：

「——然而如果射出的並非【十一之彈】，而是【十二之彈】，現在的我就不得而知了。」

「……妳說什麼？」

琴里一臉疑惑地露出銳利的眼神。反觀狂三，則是嘻嘻嗤笑。

【十二之彈】是〈刻刻帝〉的奧祕，與將對象送到未來的【十一之彈】是成對的子彈，能將擊中的對象送往過去的世界，是狂三壓箱底的最後大絕招。

這句話代表的只有一個意思。大概是察覺到了這一點，只見琴里眉尾抽動了一下。

「妳的意思是，是未來的狂三將〈野獸〉送到了過去嗎？」

「不、不。當然，我完全沒打算做出那種事。況且，現在的我也沒有那種能力。只是——」

狂三轉動食指，接著說：

「未來是不可預測的。精靈之力基於某種理由復活，而我基於某種理由將她送回過去——誰都無法否定有這種可能性吧？」

「……！妳究竟是什麼意思？」

琴里表情流露出緊張之色，狂三便低垂目光，搖頭說道：

「別對我那麼防備。我只是在說——萬一發生那種事，也並非不可能。」

「…………」

琴里皺起眉頭，交抱雙臂，陷入沉默。狂三的意見雖然駭人，她終究只是為了解決問題而提出可能性……但不可否認她的語氣和舉止帶有些許挑釁的味道就是了。

「啊～～……」

士道像是要調整現場有些緊繃的空氣，故意清了喉嚨。

「總、總之……雖然不清楚她的來歷，但一樣是精靈吧？那麼，我們要做的就只有一件事，不是嗎？」

士道說完，作戰指揮室在座的少女們赫然瞪大雙眼，點了點頭。

沒錯。對方確實來歷不明，是危險的精靈。不過士道、士道等人總是積極地與這樣的對象對話。而在座的這些少女，也曾是過來人。

既然如此，這次要做的事依然沒有改變。士道望向琴里。

「——我要擄獲她的芳心。琴里，拜託妳協助了。」

啊啊，沒錯。這才是士道的職責與使命。

這種時候，琴里會調侃士道：「現在很敢說了嘛。」然後笑著聳起肩，這麼對士道說吧——

好了，開始我們的戰爭（DATE）——

「————不行。」

然而——

琴里的發言卻與預料中相反。士道不禁瞪大雙眼。

「……咦？琴里，妳剛才說什麼？」

「……我說不行。我不允許你出擊。這件事交給〈拉塔托斯克〉處理。」

琴里神色嚴肅地如此說道。面對琴里出乎意料的反應，士道的表情染上困惑之色。

「妳在說什麼啊，琴里？交給〈拉塔托斯克〉處理，妳究竟打算怎麼做？妳不是說能封印精靈之力的只有我嗎！」

士道主張自己的意見後，琴里便怒目而視，繼續說道：

「——那我問你，說來你體內還存在封印靈力的能力嗎？」

「咦……？」

「澪消失後，精靈之力也不復存在——那麼，經由澪的雙手重新獲得生命的你，其能力會變得如何？跟精靈之力一起消失？還是融入你的體內，依然保留？」

「這、這個嘛……」

「答案是——『不知道』。因為沒有能封印的靈力，所以無從驗證。」

琴里搖著頭繼續說：

「……況且，就算你的體內還保留著封印能力，也不曉得對這次的精靈是否有用。畢竟，她有可能是從不屬於澪的靈魂結晶誕生出來的精靈——我怎麼能讓你去應付這種無法確定來歷的精靈。」

琴里冷淡地說道。就算如此，目前也找不到其他有用的手段吧。士道握起拳頭，大聲說：

「……原來如此，我沒有思考得那麼周到。這次確實不同於以往，不確定我是否能派上用場——可是，只要有一絲能封印的可能性，沒道理不去嘗試吧！死馬當活馬醫，讓我去——」

「——幾十分鐘前差點死掉的人還敢這麼說！」

琴里用拳頭敲打桌面，打斷士道的話。

看見平常冷靜的琴里激動的模樣，少女們吃驚得肩膀一震。

「……！」

大概是發現了大家的反應，琴里用手扶額，微微搖頭道：

「……對不起，我這個司令官太不像樣了……我去冷靜一下頭腦。大家也稍微休息一下。」

琴里如此說完，離開座位，踏著有些踉蹌的步伐走出作戰指揮室。

「……郎君——」

六喰怔怔地目送琴里的背影後，一臉擔憂地說了。

「沒事的。」士道像是要讓大家安心似的說道，一語不發地注視著琴里消失的門扉。

◇

「……！」

琴里回到〈佛拉克西納斯〉內的艦長辦公室，腳步沉重地走向辦公椅，拿起放在椅子上的坐墊，用力扔向牆壁。

坐墊掉落地面，發出「咚」的低沉聲。

——身為〈拉塔托斯克〉的司令官，竟然在大家面前亂了方寸，甚至捶打桌面。琴里嘆了一大口氣。別說心情舒暢了，反而感覺更窩囊了。

撿起坐墊後，琴里直接抱著它癱坐在地。

當然，她心裡十分明白現在不是做這種事情的時候。

——突然出現來歷不明的精靈，她的力量只有一句威脅可形容。

將映入眼簾的景色破壞殆盡，如今似乎進入休眠狀態的樣子，但總不可能永遠維持這個狀態。若是她以破壞為目的，使出真本事到處滋事，不出數日，地球上的景色肯定會完全改變吧。必須在事情發展到這種地步之前，盡早擬定對策才行。

不過，琴里的手上——不，是現今這個世界並不存在對付那名精靈的手段。

當然，〈拉塔托斯克〉是為了保護精靈而設立的組織，不允許以武力殲滅。重點是也沒有對抗那名精靈的戰力。目前稱得上〈拉塔托斯克〉最大的戰力的，是艾蓮·梅瑟斯，但不可否認她使用顯現裝置的熟練程度比失去記憶前來得生疏。

如此一來，最後的希望還是士道。雖然不知道在澪消失後，他是否還保持封印靈力的能力，但除此之外，已無計可施。正如士道所說，只能放手一搏了吧。

這種事情，琴里也知道。

她再清楚——不過了。

「…………」

可是……琴里一語不發地胡亂搔了搔頭。

腦海裡浮現出過去曾目睹的光景。六年前。久遠的記憶——那是琴里被〈幻影〉變成精靈時的情景。

年幼的琴里無法控制力量，向周圍噴撒火焰，引發大火。甚至——差點殺了趕來幫助自己的士道。俯臥在地的士道；焦肉的味道。宛如惡夢的光景，即便經過了六年以上，依然歷歷在目。

當時琴里藉由讓士道封印自己的靈力，將〈灼爛殲鬼〉的治療能力轉讓給他，才得以平安收場——

如今那份力量已從世界消失，讓士道對付精靈無非意味著士道有可能在那副光景下喪命。

「……，……！」

琴里感覺自己的心臟越跳越快。呼吸急促，額頭冒出汗水。

不只當時那件事。

被折紙誤傷的時候。

衝進四糸乃冰之結界的時候。

被艾蓮貫穿胸口的時候。

若是沒有精靈之力，士道早就死了。

——連琴里自己也覺得過去實在讓他太過冒險。失去〈灼爛殲鬼〉後，她再次有此體悟。琴里緊緊握住紮起自己頭髮的黑色緞帶。

那是士道在琴里生日時送她的禮物——也是琴里打造「強悍的自己」的開關。

她藉由綁起黑色緞帶對自己施加強烈的思維模式，從可愛的妹妹變身為嚴厲的司令官——因為必須變成堅強的自己，才能承擔身為〈拉塔托斯克〉司令的責任與義務，完成任務。

不，說得更正確一點的話。

——肯定是因為綁著白色緞帶的妹妹捨不得送士道上戰場，才需要在自己心中創造另一個司令官人格吧。

這沒什麼。拚命塑造出「堅強的自己」，無非是證明了琴里有顆軟弱的心。面對這危機的狀況，琴里才自覺到這件事。

啊啊，可是不只如此。處於這種狀況後，她再次心想……

自己一定是——

「……！」

就在這時，琴里肩膀微微顫抖了一下，抬起頭。

理由很單純。因為有人猶豫不決地敲了敲辦公室的門。

頓時間，還以為是〈野獸〉有了什麼動靜——然而，並非如此。若是這樣，瑪莉亞應該會鳴響緊急事態通知。大概是有人擔心突然離席的琴里，來查看情況吧。

不能再讓大家看見自己的醜態了。琴里連忙站起來，端正姿勢後開口說道：

「——門沒鎖，請進。」

琴里說完，辦公室的門便打開——敲門的主人探出頭。

「…………呃。」

琴里見狀，露出嫌棄的表情。

因為站在門口的正是琴里現在最不想見到的人。

「……妳那是什麼反應啊！」

那個人——士道一臉無奈地苦笑，並且聳了聳肩膀。

琴里微微搖搖頭，再次對自己施加思維模式後面向他。

「什麼事？用不著擔心，我有在認真思考對策。馬上回去，你們稍微休息一下。」

琴里努力佯裝平靜地如此說道。

……當然，是睜眼說瞎話。她完全想不到什麼有效的對策來對付〈野獸〉。

不過，司令官還有一件與作戰指揮同樣重要的工作，那就是不讓船員感到不安。指揮官內心波動的情緒很容易傳播給部下，擾亂戰友的心。所以琴里不管陷入多麼危險的狀況，都不允許自己說喪氣話。

不過，士道「呼」地吐了一口氣，並且呢喃般說道：

「……忘記是幾年前的事了。我感冒臥病在床的時候，剛好常備藥用完了，妳說要去藥局幫我買。」

「……咦？」

琴里聽不懂士道在說什麼，皺起眉頭。不過，士道繼續說下去。

「去藥局的路上，有一戶人家的院子裡養了一條大狗。只要經過院子前，牠就會拚命狂吠。所以我告訴妳不用勉強，妳卻說完全沒有問題，其實明明害怕得要命。」

「你、你從剛才開始，到底是在說什麼啊？」

琴里詢問後，士道筆直地盯著琴里的雙眼。

宛如看穿琴里在逞強似的。

「妳的表情和當時一模一樣。」

「…………！」

聽見士道說的話，琴里不禁屏住呼吸。

於是，士道以平靜的語氣說道：

「——琴里真厲害。明明年紀比我小，卻出色地擔任司令官。因為有妳在，我才能戰鬥；因為有妳在，我才能站在精靈的面前……大家都很依賴妳。所以，我能明白妳必須在大家面前逞強。可是——」

「……別說了。」

琴里發出細小如蚊的聲音如此說道。不過，士道大概是沒聽見，依然溫柔地繼續說道：

「至少在我面前，沒必要勉強。因為我——是妳的哥哥啊。」

「……！」

琴里聞言，露出銳利的視線。

她不斷告訴自己要鎮定、要鎮定。司令官必須保持冷靜，不能再犯下與剛才一樣的蠢事。

不過，她無法忍耐、壓抑不住。感覺心中燃燒的感情之火逐漸吞噬自己。琴里在波濤洶湧的激動情緒下，感覺自己的喉嚨緊縮。

「『所以』……？又怎樣？」

「咦——？」

「因為我是你的妹妹，所以別阻止你亂來嗎？

因為我是你的妹妹，所以要眼睜睜地看著你送死嗎？

因為我是你的妹妹，所以要我默默地見死不救嗎……？」

琴里失去理智地——大聲吶喊。

「開什麼玩笑！這是怎樣啊……！還以為總算世界和平了！終於不用再讓你受傷了！結果又

冒出那個精靈……！」

琴里明白司令官不該如此大呼小叫，但情緒一旦爆發，便難以收拾，話語如潰堤般不斷湧出。

「我──我不希望你死！再也不想看到你受傷了！我再也受不了看到你痛苦難過了……！因為我！因為我──」

眼淚一滴一滴地滑落。

「我喜歡──你……」

──啊啊，糟透了。

琴里反覆思量自己脫口而出的話，有股想要發狂的衝動。

──自己到底在說些什麼啊？後悔的情緒充滿肺腑。

那句話本身並非虛假。琴里喜歡士道。這種喜歡的感覺，肯定──和一般的妹妹對哥哥懷抱的親密情感有所不同。

啊啊，沒錯。這才是繫黑色緞帶的琴里所蘊含的另一種意義。

繫黑色緞帶時，琴里會稱呼他為「士道」，而不是「哥哥」。

那是塑造司令官強悍形象的要素之一。
不過，自己肯定更希望——
以一個普通女性而非妹妹的身分去面對士道。
……話雖如此，凡事都講究時機。在情緒激動的狀態下哭喊著告白，未免太不像樣了。本來琴里就是士道沒有血緣關係的妹妹，照常理來思考，應該會覺得噁心吧。所以琴里原本決定將自己的感情埋藏在心底深處，假如要吐露情意，一定要在最浪漫的情境下表白。然而卻這樣——
「……琴里——」
士道吃驚得瞪大雙眼，輕聲說道。
「……！」
琴里畏懼似的顫抖了一下，撥了撥頭髮，乾脆理直氣壯地承認。
「怎樣，不行嗎？這不是很正常嗎？我就是喜歡上了有什麼辦法……！我也搞不太清楚啦！對啦，我喜歡你！所以不希望你死！我不想再讓你去面對精靈了！跟我身為〈拉塔托斯克〉司令的立場無關！我——」
然而就在這時，原本滔滔不絕、止也止不住的話語突然中斷。
理由非常單純。
因為士道冷不防地走向她——隨後溫柔地緊抱住她。

「…………琴里。」

士道緊緊擁抱住琴里，再次呼喚她的名字。

琴里對此產生反應，身體一震。士道打從心底覺得這樣的琴里十分可愛，加重了手臂的力道。

——若說並未對琴里所說的話感到吃驚，是騙人的。

不過，若要問自己至今是否從未察覺到琴里的感情——答案也是否定的。琴里似乎自以為隱藏得很好，但從她的一舉一動確實能夠感受到一絲情意。

當然，士道與琴里是兄妹。搞不好是士道會錯意或自我感覺良好，就算是真的好了，也可能是青春期一時迷惑的關係，所以士道刻意避免提及這件事。

不過——既然琴里向自己表白，就不得不面對。這肯定是士道身為哥哥的責任吧。

「……謝謝妳，琴里，那麼擔心我的安危。

——我也很喜歡妳。」

「…………！」

聽見士道說的話，琴里肩膀再次抖了一下。

不過，琴里好不容易恢復冷靜後，用鼻子冷哼一聲。

「……反正你還是會再補一句，是喜歡我這個妹妹吧。」

琴里一臉不滿地如此說道……看來似乎還記得士道封印她靈力的事。

「……是啊，或許是吧。不對——我想的確就是如此沒錯。」

「…………」

士道說完，琴里咬脣沉默。感覺一股輕微的力量沿著手臂傳來。看來似乎是緊握住拳頭——宛如在忍受疼痛。

面對琴里的反應，士道感覺心臟一陣揪痛。

士道也不願意讓琴里難過。

但是——即使如此，總不能昧著良心說謊。要是這樣，琴里肯定會更受傷。

所以，士道接著繼續說下去。

將自己內心的想法老老實實地告訴她。

「……我從未交過女朋友，所以大部分是依靠想像……我想，我對妳的感覺跟男女之情有些不同。」

沒錯。這就是士道內心真實的感受。

士道打從心裡喜歡琴里——但那肯定不是對戀人的那種喜歡。

琴里聽完後，低下頭，埋進士道的胸膛。胸膛逐漸變得溫暖，士道沒多久便理解是因為琴里正在哭泣。

「不過——」

然而士道接著說。

那的確是士道的真心話，但比起這個，他還有另一個想法。

「——誰規定對妹妹的喜歡一定不如戀愛的情感？」

「————」

琴里倒抽一口氣，抬起頭。

短時間像在反覆思量士道說的話似的呼吸後——

「……你在說什麼啊。要是在女友面前說這種話，可是會挨揍的喲。」

一副傻眼——又有些一掃陰霾似的——如此回答。

「哈哈……嗯，搞不好喔。不過，我是真的這麼想，有什麼辦法呢。我又沒辦法控制自己的情感。」

「…………」

琴里沉默不語，吐了一口長氣，用手指敲了敲士道的背。

「……謝謝你，我平靜多了。」

「嗯。」

士道簡短地回答後，放鬆手臂的力量，鬆開琴里。

於是，琴里用襯衫的袖子擦拭眼淚後，以通紅的雙眼望向士道。

「……抱歉，我有點心慌意亂。但我不會要求你當作沒發生過這件事……因為，我說的都是真心話。」

「嗯。」

士道點了點頭後，像是想要掩飾害羞似的搔著臉頰，繼續說：

「那個……啊，我是有嚇到啦——但問我開不開心的話，我想……當然是開心啦。」

「……是、是嗎？」

琴里瞬間臉頰泛紅，移開視線。該怎麼說呢？一副冷靜下來後，突然覺得十分難為情的樣子。

但大概是認為總不能一直害羞下去，只見琴里清了喉嚨，重新打起精神後，再度開口：

「……總、總之，事情就是這樣。我不想再讓你身陷險境，不能讓失去〈灼爛殲鬼〉保護的你面對精靈……你能明白我的心情吧？」

「…………」

士道聞言，沉默不語。

他十分深刻地明白琴里的心情。若是站在和琴里相同的立場，士道肯定也會說出同樣的話。

可是——

「欸，琴里。」

「……幹嘛？」

琴里微微瞇起雙眼，歪了歪頭。

士道凝視著她的眼睛，接著說：

「——我現在的確沒有〈灼爛殲鬼〉的保護。可是，如果我是逃避面對精靈的那種男人——妳還會喜歡上我嗎？」

「當然會呀。少瞧不起我。」

「……是、是嗎？那真是……抱歉了。」

琴里立刻回答；士道支支吾吾地低頭道歉。琴里儘管臉頰泛紅，但表情卻看不出任何迷惘。感覺像是因為告白過一次後，整個人海闊天空了。

不過，士道也不能就此退縮。他清了喉嚨，重新打起精神。

「無論如何……都不行嗎？」

「對，我不允許。太危險了。」

「可是，沒有其他有效的對策吧？」

「這個嘛……的確沒有。」

琴里壓低了一些音調，如此說道。

倘若是剛才的琴里，肯定會堅持否認到底吧。感覺琴里終於對自己敞開了心扉，士道有點開心。

「正如妳所說，我的確不知道自己是否還保有封印靈力的能力。加上沒有〈灼爛殲鬼〉的保護，面對精靈確實遠比過去還要危險。我也不想死啊。」

「對吧？所以，再找找看其他方法——」

「——可是啊……」

士道打斷琴里，繼續說：

「仔細想想，我之所以開始負責與精靈對話，不是因為能封印精靈的靈力，也不是因為有〈灼爛殲鬼〉的保護——呃，雖然對〈拉塔托斯克〉來說，這兩項因素非常重要啦，但我遇見十香時，根本不知道自己有那種能力啊。」

「……那真是——對不起你喔。」

琴里有些鬧彆扭似的嘟起嘴脣。士道輕輕搖了搖頭。

「不，沒關係。多虧了妳，我才發現一件重要的事。」

「重要的事……？」

「沒錯──我之所以開始與精靈對話，只是因為想要拯救精靈。」

「…………」

士道表明自己的決心後，琴里便輕聲低吟似的沉默不語。不過她立刻皺起眉頭，搖頭說：

「……就結果而論，以往的精靈是澪為了賜予士道靈力而製造出來的存在。對方再怎麼可怕，都一定有些許的勝算──不過，〈野獸〉跟至今的精靈不同，甚至不確定是否能正常溝通。你去等於是白白送死。」

琴里主張自己的意見。不過，士道表示否定般舉起手。

「我覺得……沒這回事。我有跟〈野獸〉短暫交談過。而且她當時──瞬間停止了攻擊。我想應該有溝通的餘地。」

「……！那是──」

聽見士道說的話，琴里無言以對。她應該也從艦橋上看見了，〈野獸〉正要給士道致命一擊的瞬間，流露出些許猶豫。

「單憑……如此微小的根據，你就想要站到精靈的面前嗎？」

「是啊。這就是曾與〈野獸〉對話的我所導出的結論。」

「…………」

琴里沉默不語。這也難怪。至少現階段直接遇見〈野獸〉的人，只有士道。

「抱歉，我這樣說太狡猾了吧。可是——事實就是如此。」

士道凝視著琴里的雙眼，接著說：

「距今兩年前——我第一次遇見十香時，覺得她的表情為何如此悲傷，並且想要為她除去悲傷——讓她綻放笑容。

我當時萬萬沒想到自己擁有特別的能力，也想像不到〈拉塔托斯克〉和澪的意圖。

——對我而言，順序根本是顛倒過來的。

不是因為有能力才想要拯救她。

而是因為想要拯救她，又偶然擁有能力。

所以——對我來說，現在的狀況跟當時一模一樣。」

沒錯。那名精靈——〈野獸〉，表情無比悲傷，簡直就像是當時的十香。

而自己與〈野獸〉對峙時，比起恐懼，最先浮現的是想為她做些什麼的想法，想要看見她的笑容。

僅只如此。

理由真的就是如此單純。

但這個動機足以讓士道賭上性命。

「……………………………………………………………………………………唉。」

經過漫長的沉默後。

琴里嘆了一大口氣。

「……傻瓜。你真是……傻。」

然後自言自語般吐出話語。

「——並列驅動〈世界樹之葉（Yggd Folium）〉一號到十號，形成防禦性隨意領域。」

「咦？」

士道一時之間不明白琴里在說什麼，一雙眼睛瞪得老大。不過，琴里沒有回應，仔細地訴說。

「〈佛拉克西納斯ＥＸ〉展開隱形迷彩，在上空五百公尺處待命。戰鬥配備由神無月操作。認可鳶一折紙及艾蓮·梅瑟斯穿著CR-Unit，在現場附近待命——」

「琴、琴里？」

士道表情流露出困惑之色詢問後，琴里便嘆了一口氣，並且聳了聳肩。

「這是最低條件——畢竟，你說要赤手空拳地站到精靈面前。」

「——！妳的意思是……」

士道雙眼圓睜後，琴里便一臉無奈地點了點頭。

「真拿你沒辦法。誰教你——那麼固執，講也講不聽。」

「琴里……！」

士道表情一亮，牽起琴里的手。琴里臉頰微微泛起紅暈，用鼻子冷哼了一聲。

「……啊啊，真是的。連我自己都討厭自己了。為什麼事情會變成這樣啊……感覺超級不甘心的，竟然會被你說服。」

說完，對士道投以有些怨恨的視線。士道接收到她的視線後，微微聳了聳肩。

「我倒是放心了。倘若連妳都說服不了，要虜獲那名精靈的芳心可就痴人說夢嘍。」

「少得意忘形了。」

琴里朝士道的頭施展一記手刀後，拍了拍自己的臉頰，重新打起精神。

「——總之，既然這麼決定了，就回到作戰指揮室吧。我想大家應該也覺得很不安吧。」

「好——！」

士道發出雀躍的聲音，打算直接拉著琴里的手前進。

不過，琴里像是想起什麼事情似的「啊」了一聲後，收回士道牽起的手。

「稍等我——我想要準備一下。」

「準備？」

「是的——」

琴里簡短地說完，舉起左手——解開用黑色緞帶綁起的雙馬尾其中一邊。

——連我自己也覺得怎麼會做出如此愚蠢的決定。

琴里解開左邊的緞帶，有些自嘲地嘆了一口氣——竟然會被士道說服，允許他出擊。

不，正確來說，有點不一樣。

會如此決定也是迫於無奈。如今這個地球上並不存在對抗那名精靈的戰力。就算士道所說的話添加了天真的感情論述，卻沒有說錯。

想得太膚淺的反而是琴里自己。因為太過擔心士道的安危，無法冷靜地判斷。聽完士道的一番話——才終於能夠下定決心。說自己是司令官，還真是貽笑大方。

（——我現在的確沒有〈灼爛殲鬼〉的保護。可是，如果我是逃避面對精靈的那種男人——妳還會喜歡上我嗎？）

腦海裡響起士道剛才說的話。

琴里立刻回應，實際上也認為那個回答是正確的——說起來，士道對自己的評價太低了。就算不展現那種匹夫之勇，士道的優點依然多如牛毛。

不過，若問琴里是否討厭士道在毫無勝算的狀況下，卻依然為了某人挺身而出的精神，她絕對會立刻搖頭否定。

雖然用不著這麼做，琴里也早已情根深種——但正因為士道是這種個性，琴里才會對他如此痴迷。

「…………真是愛到深處無怨尤呢。好傻。」

「咦？」

「沒什麼。」

琴里一笑帶過後，將解開的黑色緞帶收進口袋，拿出白色緞帶。

——軟弱琴里的證明。身為士道妹妹的象徵。

那對琴里而言是驕傲，也是詛咒。

事實上，琴里現在算是失戀了吧。不經意地對意中人吐露心聲，對方卻回應對自己的感情並非戀愛。簡直上演了典型的失戀戲碼。

不過——

「……誰規定對妹妹的喜歡一定不如戀愛的情感——嗎？」

琴里輕聲呢喃後，以手上的白色緞帶紮起左邊的頭髮，完成右黑左白的雙馬尾。

「堅強的自己」與「軟弱的自己」。感覺像讓兩個過去老死不相往來的自己見面一樣，琴里不禁笑了出來。

「琴里？這是——」

士道看見琴里繫著左右顏色不同的緞帶，露出疑惑的表情。

琴里突然低垂視線後，從糖果匣拿出一根棒棒糖，扔進嘴裡。

「哎呀，你不知道嗎？我其實——很貪心的喲。」

然後舔了一下嘴唇，露出笑容。

啊啊，士道說的沒錯。

這世界沒有人規定對妹妹的感情一定不如戀愛之情，也沒有人決定妹妹贏不了戀人。就算有人如此定義，琴里也沒必要遵守。

感覺自己似乎陷入了十分狹隘的框架之中——自己當妹妹就好，以妹妹的身分繼續愛士道就好。

不過，光是這樣還不足夠。

琴里果然無法澈底放棄其中一項。

所以，琴里紮起頭髮。

——黑與白。

為了往後以愛上士道的司令官與得到比戀人更多愛意的妹妹這兩種身分戰鬥到底。

沒錯，不過是被甩了一次而已。琴里是士道的妹妹。

一方面接受哥哥對妹妹的寵愛，同時也以女性的身分被愛。只要士道的親妹妹真那對士道沒

有男女之情——這世上便只有琴里一人有機會實現。

「——好了，我們走吧，『哥哥』。」

「咦——？」

琴里露出頑皮的微笑後牽起士道的手，走出辦公室。

心中埋藏著絕對不讓士道死去的強烈決心。

◇

「！士道、琴里……！」

「唔嗯，久候你們兩位多時了。」

「看吧～～人家不是說了嗎～～！兩人馬上就會和好了！——那麼，賭金是聞七罪十次，對吧？」

「沒有這回事，並沒有下這種賭注。」

士道與琴里回到作戰指揮室後，少女們便發出喜悅或是安心的聲音說道。

「嗯，讓妳們擔心了。」

「怎麼，我不是說可以休息嗎？妳們還在等我嗎？」

琴里說完，莞爾一笑，聳了聳肩。那副模樣已徹底恢復成值得信賴的司令官。

「……謝謝妳們，讓妳們擔心了。不過，我已經沒事了。我終於下定了決心。」

琴里如此說道，坐到原本的位子上，環顧著大家繼續說：

「──本艦從現在起進入作戰行動。對象是沉眠地上的精靈，識別名〈野獸〉。自本日晚上九點起，開始五河士道與對象的接觸──」

然後，琴里露出銳利的視線。

「──與之約會，虜獲她的芳心……！」

「「……！」」

聽完琴里說的話，所有人發出「喔喔！」的歡呼聲。

「呵呵，如此才像話嘛！」

「首肯。這樣才是〈拉塔托斯克〉。」

「嗯～～可是，真的沒問題嗎？少年現在沒辦法回血了吧？」

二亞搔著臉頰說道。士道微微透露出緊張的神色，點了點頭。

「……是啊。我會想辦法解決。她雖然是危險的精靈──但並非完全無法溝通。」

「嗯～～……也對，讓專業的來。既然攻略精靈的專家少年你都這麼說了，我也不好再說三道四。」

「別那麼說，謝謝妳，二亞。」

士道說完，二亞便揮了揮手。

琴里補充說明：

「當然，我們會做基本的應對措施。施加防禦性隨意領域在士道身上，〈佛拉克西納斯〉也會在一旁待命——折紙，也要麻煩妳出動。可以嗎？」

「——當然。」

折紙俐落地點頭回應琴里。簡潔的態度，感覺十分可靠。

「————」

琴里再次放眼望向整個作戰指揮室，低垂著目光，吸了一口氣後再次睜開雙眼。

「好了，開始我們的戰爭(DATE)——」

然而——

這句話卻沒有說完。

因為琴里話說到一半時，突然瞪大雙眼，一臉似乎看見什麼難以置信的畫面，開始凝視作戰指揮室中央的空間。

「琴里……？」

士道覺得納悶，循著琴里的視線移動目光。其他人也和士道一樣望向那個方向。

「「————！」」

這時，士道等人才終於發現。

從橢圓形桌子的中央，投影畫面的部分——

——「生出形狀宛如鑰匙的刀身」。

「什麼……！這是——」

士道不禁雙眼圓睜，屏住呼吸。於是，坐在桌前的六喰像是察覺到什麼事情似的，赫然抖了一下肩膀。

「荒唐，竟是〈封解主(Michael)〉……嗎！」

沒錯。自空無一物的虛空中生出刀身的外形——

正是六喰過去曾揮舞過的鑰匙天使，〈封解主〉。

——宛如回應六喰那染上驚愕的聲音，刀身緩緩旋轉，好似轉動插入鑰匙孔的鑰匙。

於是，下一瞬間。以刀身為起點，空間開啟巨大的「洞孔」——

出現了「她」的身影。

失去色素的頭髮、點綴著龜裂與傷痕的靈裝、如野獸般的尖爪。

以及——像是監獄般護住身體的十把劍。

神祕的精靈〈野獸〉在此降臨。

「……！」

「不會吧，這……！」

「〈野——獸〉……？」

作戰指揮室充滿了少女們驚慌失措的聲音。片刻過後，大概是察覺到了異狀，艦內響起表示緊急狀態的警報聲。

在這樣的噪音中，從「洞孔」爬出的少女空洞的視線游移著——

「——啊，啊啊——啊啊啊啊啊啊啊啊——」

響起嘶啞的吼叫聲。

「「…………！」」

這聲咆哮令精靈們縮起身子，或是屏住呼吸。

不過，這也是理所當然的事。因為出現在那裡的少女所散發出的強烈壓迫感，充滿令見者宛如心臟插入利刃般的危險氣息。

——不過，在如此戰慄的狀態中。

唯獨士道一人額頭冒著汗水，站到少女眼前，目不轉睛地凝視她的臉龐。

「……沒想到妳會主動來見我呢——我真是深感榮幸啊。」

儘管感覺到令全身顫抖不已的強大靈力，依然逞強地露出狂妄的笑容。

啊啊，沒錯。

他早已做好心理準備。

早已下定決心。

既然如此，便毋須恐懼。

既然如此，便無暇戰慄。

因為，士道接下來必須拯救這名少女——！

他向前踏出一步，像是接續剛才琴里中斷的話語，開口說：

「好了——開始我們的戰爭（DATE）吧。」

To be continued.

後記

上次我說下一集是完結篇，其實是騙你們的啦。

事情就是這樣。好久不見，我是橘公司。

在此為您獻上《約會大作戰DATE A LIVE 21　美好結局十香　上》。各位覺得如何呢？如果你們喜歡本書，將是我莫大的榮幸。

不是啦，我本來沒有打算欺騙讀者的，真的原先預計要在這一集完結。

只是在思考要如何為本篇故事劃下句點時，突然想要描寫所有精靈的終章。

如此一來，我希望每人各有一章節，所以除了序章外，全部以十章構成。但收錄成一本實在太厚，因此分成上下集。

硬是要把六百頁集中成一本也不是不行啦，只是聽到責編說：「分成上下集的話，就有雙倍的彩頁和內頁插畫喔。」等我回過神時，已經回答：「啊！那就分成上下集好了。」沒有任何策略可以贏過插畫的頁數。

角色增加後，總是有角色插畫畫得比較少。分成兩集的話，就能將所有人精彩的場面全都呈現出來，這樣未免太棒了吧。不要分成上下集，分成十集或許也不錯。每六十頁就附贈一集分量的封面、彩頁和內頁插畫的豪華版……這已經是畫冊了吧。

事情就是這樣，《約會大作戰DATE A LIVE》已經步入尾聲。我在作者簡介中也有提到，書衣也呈現出符合主旨、圓滿收尾的感覺。這不叫美好結局的話，什麼才叫作美好結局？結局美好到責編第一次看見後問我：「這樣好嗎？要不要改副標？」

總之，就算先不提這些，這次的書衣算是《約會》史上我特別中意的設計。不只裝幀特別，角色的設計也很精美。裡面加了我個人喜歡的要素，但到了這個地步，つなこ老師還能展現出全新的構想，實在令我十分驚豔。

……嗯？沒有喔，我不是因為角色有畫黑眼圈才讚不絕口喔，不是單單基於這個理由喔。就說不是了嘛。

我想已經有許多讀者知道了這個消息，但我還是在這裡宣傳一下。

《約會大作戰DATE A LIVE》系列《約會大作戰DATE A BULLET》動畫化企畫正在進行中！鼓掌慶賀！

後記

我現在就超級期待東出老師和NOCO老師所描繪的世界會如何呈現成動畫。想必接下來會一一公開其他相關資訊，敬請期待！

那麼，這次也在多方人士的努力下才得以出版這本書。

插畫家つなこ老師，多謝您總是畫出如此出色的插畫。彩頁中的那群國中生會不會太可愛了啊！真是不好意思，在最後關頭才任性地提出想要渚沙的插畫。

責任編輯，不好意思，每次都給您添麻煩。第二十二集，我會努力讓您有更多充裕的時間處理！

美編草野，也謝謝您這次設計得如此精美。新動畫也麻煩您負責了！

編輯、出版、通路、販售等所有相關人員，以及拿起本書閱讀的各位讀者，向你們致上由衷的謝意。

所以，故事的後續將會在下一集《約會大作戰DATE A LIVE 22　美好結局十香　下》呈現。

希望各位能陪伴我直到《約會大作戰DATE A LIVE》謝幕，如此我便心滿意足了。

二〇一九年九月　橘　公司

約會大作戰DATE A LIVE 安可短篇集 1~9 待續

Kadokawa Fantastic Novels

作者：橘公司　插畫：つなこ

約會忙翻天！精靈們各個嘗試改變！
享受熱鬧滾滾的日常生活吧！

士道外出時，精靈們恰巧在五河家撞見了他的父母？漫畫家二亞計劃買房？不想上學的七罪找起了工作？而（自稱）士道未來伴侶的折紙將進行新娘修業？「什麼……！這就是船嗎？」士道與精靈們搭乘豪華郵輪，怎麼可能不鬧出點波瀾？

各 **NT$200~260/HK$60~87**

國家圖書館出版品預行編目資料

約會大作戰DATE A LIVE. 21, 美好結局十香. 上/橘公司作 ; Q太郎譯. -- 初版. -- 臺北市 : 臺灣角川股份有限公司, 2021.02

面 ; 公分. -- (Kadokawa fantastic novels)

譯自 : デート・ア・ライブ 21, 十香グッドエンド. 上

ISBN 978-986-524-227-5(平裝)

861.57 109020381

Kadokawa
Fantastic
Novels

約會大作戰DATE A LIVE 21
美好結局十香 上

（原著名：デート・ア・ライブ21　十香グッドエンド 上）

2021年2月4日　初版第1刷發行
2024年7月3日　初版第4刷發行

作　　者：橘公司
插　　畫：つなこ
譯　　者：Q太郎

發 行 人：台灣角川股份有限公司
總　　監：呂慧君
總 編 輯：蔡佩芬
主　　編：林秀儒
編　　輯：孫千棻
設計指導：陳晞叡
美術設計：吳佳昀
印　　務：李明修（主任）、張加恩（主任）、張凱棋、潘尚琪

發 行 所：台灣角川股份有限公司
地　　址：104台北市中山區松江路223號3樓
電　　話：（02）2515-3000
傳　　真：（02）2515-0033
網　　址：www.kadokawa.com.tw
劃撥帳戶：台灣角川股份有限公司
劃撥帳號：19487412
法律顧問：有澤法律事務所
製　　版：巨茂科技印刷有限公司
ISBN：978-986-524-227-5